ベリーズ文庫

一度は諦めた恋なのに、エリート警視とお見合いで再会!?～最愛妻になるなんて想定外です～

吉澤紗矢

STARTS
スターツ出版株式会社

目次

一度は諦めた恋なのに、エリート警視とお見合いで再会!?
～最愛妻になるなんて想定外です～

一章　パリの思い出……6
二章　再会はお見合いの席で……52
三章　予定外のプロポーズ　蒼士ｓｉｄｅ……84
四章　デートのち別居……110
五章　不穏な気配　蒼士ｓｉｄｅ……140
六章　嫉妬と告白……155
七章　危機　蒼士ｓｉｄｅ……206
八章　助けに来てくれたのは最愛の人……222

特別書き下ろし番外編

夫婦の休日……252

あとがき……258

一度は諦めた恋なのに、
エリート警視とお見合いで再会!?
～最愛妻になるなんて想定外です～

一章　パリの思い出

美術館を出ると、九月のさわやかな風が頬を撫でる。

滝川彩乃《たきがわあやの》は目を細めて、パリの晴れた空を見上げた。

昨夜遅くオペラ座近くのホテルに到着した。翌日からの観光に備え体調を整えるために早々にベッドに入り、今朝はアラームなしで早くに目覚め観光に出た。

まずは昔から憧れていたルーヴル美術館に向かい、有名なモナリザやミロのヴィーナス、ルーヴル・ピラミッドなどを鑑賞した。

その後、チュイルリー公園内にあるオランジュリー美術館に移動し、モネの睡蓮《すいれん》など美しい絵画を堪能してきたところだ。

落ち込んだ心を立て直したくて、思い切って決めたひとり旅。

(不安もあったけれど、来てよかったな)

時刻は午後三時。美術館内や移動中に見かけたカフェはどこも混んでいたため、昼食は取っていない。

空腹は感じていないけれど、少しは食べたほうがいいかもしれない。

広大なチュイルリー公園は、地元の人たちの憩いの場でもあり、散歩をしている人や、ベンチで食事をしている人を見かける。

（私もパンでも買おうかな）

そんなことを考えながらのんびり歩いているうちに、いつの間にかコンコルド広場に辿《たど》りついていた。

この一帯は世界遺産というだけあり多くの観光客が行きかっている。コンコルド広場の中央にそびえ立つオベリスクと呼ばれる有名な石柱を眺めていると、目の前に小さな子供が立ち止まった。

小学生くらいの小さな女の子が、何か言いたそうに彩乃をじっと見つめている。黒髪に黒い瞳と顔立ちから綾乃と同じ日本人観光客の子供だと思い咄嗟《とっさ》に辺りを見回したが、近くに保護者らしき人は見当たらない。

「大丈夫？　もしかしたら迷子になっちゃったのかな？」

彩乃は戸惑いながらも、女の子の視線に合わせて屈み優しく問いかけた。

（こんなに小さいのにひとりなんて心細いよね）

困っているなら助けてあげたい。ところがしばらく待っても返事はなかった。

（あれ？　もしかしたら日本人じゃないのかな？）

だとしたら現地の子供なのかもしれない。

「……How can I help you?」

フランス語が話せないため、あまり自信がない英語で聞いてみたが、やはり返事がない。

(私の発音が悪くて伝わってないのかな?)

首を傾げたそのとき、誰かが近づく気配を感じた。

この子の保護者だろうか。女の子から視線を移した次の瞬間、彩乃は目を見開いた。

そこに居たのは驚くくらい美しい男性だったからだ。

百六十センチの彩乃よりも二十センチ以上高いすらりとした長身に、ひと目で素晴らしいスタイルだと分かる高い腰と広い肩。

理想的な輪郭《りんかく》の顔に収まるのは、目じりが少し上がった印象的な二重の目と通った鼻梁《びりょう》に厚くもなく薄くもない唇。日焼けの名残がある肌は滑らかでシミひとつ見当たらない。

ブラウンのショートヘアは洗いざらしのように無造作だし、黒いジャケットにスリムパンツというシンプルなスタイルだというのに、どこか高貴さが漂っているように感じた。

「あの、この子の保護者の方ですか？」

戸惑いながらも問いかけると、彼はその完璧な形の目を吊り上げた。

「何を言ってる？　状況が分かってないのか？」

「え？　状況ですか？」

呆れたように問われて、彩乃は首を傾げた。

「君は今、スリに遭いかけてたんだぞ？」

「えっ？」

男性の発言に、彩乃は思わず声を上げた。

（スリって、どういうこと？）

きょろきょろ周囲を見回すと、先ほど彩乃の前に佇んでいた少女がすごいスピードで走り去っていく姿が視界に入った。

「まさかあの子が？」

あんなに小さな子供がスリだなんて信じられない。唖然として呟いた彩乃に、男性が溜息《ためいき》混じりに言う。

「あの子は囮《おとり》だ」

「囮、ですか？」

「君があの少女に気を取られている隙を狙って、主犯がそっと背後から近づいて鞄の中身を狙うんだ。俺が割り込まなかったら鞄ごと盗まれてたぞ」

男性が腕を組み、呆れ顔で彩乃を見下ろす。

「後ろから？　うそ……全然分からなかった。あ、その主犯の人は？」

「とっくに消えた。俺が近づくのを察したんだろうな」

「そ、そうなんですね……あの、助けてくださってありがとうございます」

彩乃はドキドキする胸を押さえながら頭を下げる。

パリは華やかなだけではなく危険もあり、綾乃が立ち寄る予定の主要な観光地でもスリや置き引きの被害が多発しているとは聞いていたから、気を付けているつもりだった。

でもまさか実際に被害に遭うだなんて思いもしなかったのだ。

「君はもう少し警戒した方がいいな。日本から観光で来たんだろうが、それにしても無防備だ。今はネットで簡単に情報が手に入る時代でスリの手口だって広く知られている。あとで確認しておくといい」

「……はい、今後はもっと気を付けます」

「それがいい……ところで連れはいないのか？」

男性が周囲を見回す。

「いません。ひとりで来ているので」

「……日本からってことじゃないよな？」

「日本からですよ」

彩乃が即答すると余程驚いたのか、男性が目を丸くした。

「大丈夫なのか？　君はだいぶ危なっかしく感じるが」

彼の目には相当頼りなく映っていそうだ。大丈夫と答えたいところだが、そう言っても彼は信じてくれないだろう。だって既にスリに遭いそうになっても、全く気付かないところを見られてしまっているのだから。

「パリに来るのもひとり旅をするのも初めてなので、少し慣れていないように見えるかもしれませんね」

「少しというのは認識違いだと思うが、まさか海外旅行も初めてとは言わないよな？」

疑いの視線を向けられて彩乃は苦笑いをした。

「さすがに初めてではありませんよ。今回で二回目です」

「その一回目は修学旅行だったりしてな」

「え？　よく分かりましたね」

感心してそう言うと、彼は疲れたように肩を落とした。

「しょうがないな……」

彼はぼそりと呟いてから、コートの内ポケットに手を入れて何かを取り出した。

「名乗るのが遅くなったが、北条蒼士《ほうじょうそうし》だ。在仏日本国大使館で働いている。これが身分証」

彼が差し出したカードには、顔写真と彼が名乗った通りの氏名などが記載されていた。

（大使館の人だったんだ……外交官なのかな？　年齢は二十九歳。私よりも七歳年上だ）

さっと情報を頭に入れてから、「ありがとうございます」と言葉を添えて身分証を返した。

「私は滝川彩乃と言います。大学四年生の二十二歳です。改めて先ほどはありがとうございました」

深く頭を下げると、蒼士の雰囲気が和らぐのを感じ、ほっとする。

「気にするな。大したことはしてないから」

少しぶっきらぼうに感じる声音だ。彩乃は体を起こして微笑んだ。

「そんなことはありません。素通りだってできたのに、見ず知らずの私に声をかけてくださったんですから。鞄を取られていたら大変なことになるところでした。本当に助かりました」

「仕事柄か日本人観光客に目が向くんだ。とくに君は目立ったから」

「かなりキョロキョロしていましたよね。お恥ずかしいです」

「恥ずかしいってことはないが、この後の観光プランはしっかり立てているのか？」

「楽しみにしていた美術館巡りを終えたところなので、あとは近くを見て回ろうかと思っています。パリはどこも素敵でしょうから」

「つまりノープランって訳だな」

蒼士はそう呟くと、少し逡巡《しゅんじゅん》してから再び口を開いた。

「俺は今日休暇で時間があるんだ。よかったら観光案内をするが」

「えっ？」

思ってもいなかった提案をされて、彩乃は目を丸くする。

「最近スリや事件に巻き込まれるなどの日本人観光客の被害報告が続いているんだ。君はどうも危なっかしく見えるし、このまま別れるのは心配だ。ただ余計なお節介だとしたら遠慮なく断ってくれ」

「お、お節介なんてことはないです、ありがたいです！」

彩乃は慌てて否定する。

「ただお休みのところ、私なんかに付き合っていただくのは申し訳なくて」

「どうせ暇をしていたんだから構わない。どうする？」

蒼士がそう言って彩乃を見つめる。澄《す》んだ目からは、純粋な親切心を感じる。

面倒見がよいうえに、大使館で働いている身元がしっかりした人物だ。

彩乃は人見知りという訳ではないが、初対面の男性と仲よく話せるタイプではない。

警戒というほどではないが、壁を作ってしまう。

それなのに蒼士に対しては、苦手意識を感じない。それどころか親しみを感じている。

（……お願いしちゃおうかな）

ひとり旅を楽しんではいるが、心細さもあったのだ。

「あの、本当にご迷惑でなければ、お付き合いいただいてもいいですか？」

彩乃が遠慮がちに言うと、蒼士が明るい笑顔になった。

「ああ。まずはシャンゼリゼ通りにでも行ってみるか？」

「はい。口コミお勧めされていたところは、滞在中にひと通り回りたいと考えていたんです」

「それなら凱旋門《がいせんもん》に行くのもいいか」

蒼士の提案に、彩乃は張り切って頷いた。

「凱旋門にも行ってみたいと思っていました」

「王道が好きなんだな」

「他を知らないからかもしれません。マイナーなところでお勧めってありますか？」

「そうだな……」

蒼士は彩乃の質問に答えながらも、迷いなく足を進める。

「パリにはいつ？」

「昨日です。でも到着時間が遅かったので、ホテルで寝ただけです」

「なるほど。今日は美術館巡りをしたって言ってたな」

「はい。ルーヴル美術館とオランジェリー美術館を見て回ったんですが、どちらも期待していた以上に素晴らしかったです。他にもヴェルサイユ宮殿の見学やセーヌ川のクルーズも体験したいんですけど、三泊四日なので全てを回るのは難しいですよね」

「それなら今日は水上バスで移動すればよかったんじゃないか？　移動しながらセーヌ川からの眺めを楽しめるだろ」

「え……そんな素敵な移動手段があるんですか？」

彩乃が驚きの声を上げると、蒼士が呆れ顔になる。

「スリの件といい、ちゃんと調べてきてないだろ？」

図星をつかれて彩乃は誤魔化し笑いをする。

「実はそうなんです。急に決まった旅で……」

話している途中に、彩乃のお腹がきゅるると大きな音を立ててしまった。

「ご、ごめんなさい！」

恥ずかしくて慌てていると、蒼士がくすりと笑った。

「先に食事だな。食べたいものは？」

「い、いえ、とくには……」

「中途半端な時間だし軽いものがいいか」

予定を変更して、蒼士のお勧めのパン屋でクロワッサンを買い、セーヌ川沿いで食べることになった。

「美味しいです」

眺めがよくて、のんびり寛げて最高だ。

それに蒼士が隣に居てくれることで、先ほどのようにスリに遭う心配が減り安心できる。

「そういえば、急に決まった旅だって言ってたけど」

「はい。旅行を決めてから数日で日本を出ました」

「まさか思いつきで来たんじゃ……」

「半分当たりです」

彩乃はわりと慎重な方だ。冒険よりも安全を求めるタイプだと自覚がある。

ひとり旅に行こうと考えたことは一度もなく、行きたいとも思っていなかった。

けれど、そんな価値観を吹き飛ばすような、現実から逃げ出したくなるような衝撃的な出来事があって東京《とうきょう》を飛び出したのだ。

少しの間でいいから知っている人がいないところで、過ごしたかった。

「いくら海外旅行が身近になったからといって、無計画は何かと危険だぞ」

「そうですね……今後は気を付けます」

素直に返事をすると、蒼士は「本当に分かってるのか？」と呆れたように肩をすくめる。

実際呆れているのだろう。それでも面倒を見てくれるのは、彼がよい人だからなのだと思う。

（親切な人と出会えてよかった）

彩乃がクロワッサンを食べ終えた後は、蒼士の提案でセーヌ川の遊覧船クルーズを楽しんだ。

船上からの景色は素晴らしかった。自由の女神像やエッフェル塔など、蒼士の説明を聞きながら写真を撮ったりしていると、あっという間に一時間が過ぎていた。

「すごく楽しかったです！　連れてきてくださってありがとうございます」

遊覧船から降りた彩乃は、大満足で蒼士にお礼を言った。

「喜んでもらえてよかったよ」

クルーズの後は蒼士とおしゃべりをしながら夕暮れ時の街をシャンゼリゼ通りを散歩しながら移動して、ちょうど日が落ちる頃に凱旋門に辿《たど》り着いた。

「わあ、綺麗！」

写真や動画で目にした光景だが、間近で見上げると迫力が違い感動する。

辺りが暗くなるなか、鮮やかにライトアップされる様子は、壮観だった。

彩乃が周囲の観光客と共に素晴らしい光景を楽しんでいる間、蒼士は隣に居てくれた。

彼はあまり周囲の景色に関心はないようだった。多分パリで暮らしていると慣れてしまい感動がなくなるからだろうが、彩乃を楽しませようといろいろ説明し、他の観光客とぶつからないように、さりげなくかばってくれる。

優しく頼りになる彼に彩乃は感謝しきりだった。

しばらくすると、蒼士が問いかけてきた。

「ディナーの予定は？」

「予約は入れてないです。ホテルの部屋で食べればいいかと思って」

我ながら無計画だと改めて思う。

「せっかくパリに来たのに味気なくないか？　よかったらよい店を紹介するが」

「本当ですか？　嬉しいです。ひとりだと入り辛いお店もあるので」

思いがけない蒼士の提案に、彩乃は喜びの声を上げる。

「え……ああ、そうだな」

しかし彼は一瞬、戸惑いを見せた。そんな態度を怪訝《けげん》に感じたがすぐに気が付いた。

彼は店を紹介するとは言ったが、一緒に食事をしようとは言っていない。

それなのに彩乃はディナーの誘いだと思い込んでしまったのだ。

（うわ、私ってばなんて図々しい）

恥ずかしくなって、かあっと頬が熱を持つ。

「ごめんなさい。私、一緒に食事に行くと勘違いしてしまって、迷惑でしたよね……」

慌てる彩乃に、蒼士がくすりと笑う。

「そんなことはない。俺から誘おうと思っていたところに、滝川さんから言われたからちょっと驚いただけだ」

「え……本当ですか？　それなら、お誘いしたことでご迷惑をかけずに済んでよかったです」

ほっとして胸を撫でおろすと、蒼士の目が魅力的に細められた。

「見るからに奥手なのに、大胆《だいたん》なところもあるんだな」

「えっ？　いえ、私そんなつもりじゃ」

「はは。分かってる。冗談だよ」

（うう……揶揄《からか》われてる）

彩乃は頬を染めて蒼士から目を逸《そ》らしたが、楽しそうな彼の視線を感じる。

「さて。候補はいくつかあるが、帰り道を考えるとホテルの近くがいいかな」

「あ、私が宿泊しているのは、オペラ座近くのホテルです」

「分かった。それならあそこがいいな」

蒼士に連れられて、オペラ座の近くのレストランに移動した。

レトロな店構えで、それなりに高級そうだ。予約がなくて大丈夫かと思ったが、スムーズに街並みを見下ろせる二階の窓際の席に案内された。

メニューはフランス語で英訳はないので、蒼士に注文をお願いした。

「お疲れさま」

届けられたワインで乾杯する。

「滝川さんのパリ滞在を祝って」

「ありがとうございます」

あまり酒類は得意ではないが、軽い飲み口でするりと喉を通っていった。

料理はどれも絶品で彼がお勧めしてくれただけある。

ずっと食欲がなかったけれど、残さずに食べられた。

(北条さんとの会話が楽しいからかな)

女子高育ちで大学も系列の女子大に進んだ彩乃は、恋人どころか男友達と言える存在すらいない。同じ環境で育った友人たちは他校のサークルに参加するなど、学校以外のコミュニティに所属し恋人を作っていたが、彩乃にはなかなかそういった機会がなかった。

友人の紹介で飲み会に参加しても、初対面の相手と意気投合するのが難しくてあまり盛り上がらなかったのだ。

けれど蒼士とは馬が合うのか、それとも彼が彩乃に合わせてくれているのか、自然に話せて居心地がいい。

「北条さんと出会えて本当によかったです。いろいろ助けてくださりありがとうございます」

困っていた状況を助けてもらっただけでなく、明るい気持ちになれた。

お礼の気持ちを伝えると、蒼士は複雑そうな表情を浮かべる。

「そこまで感謝されるようなことはしてない。さっきも言っただろ？　スリに気付いたのも職業柄だ」

彼の言葉に彩乃は納得して頷いた。

旅行中にトラブルに遭った日本人が大使館に駆け込むことは、ままあるという。彼はそんな人を何人も見て来たのだろう。

「でも、それでも私はとっても感謝しています。ひとりになりたくて日本を飛び出したけれど、心細さもあったので」

彩乃の言葉に蒼士が不思議そうに片方の眉を上げる。

「そういえばさっきも勢いでパリに来たと言ってたな。滝川さんは衝動的なタイプには見えないから意外だと思ったんだ」

「見た感じで分かるんですか？」

「だいたいは。これまで沢山の人を見てきたからな」

「すごい……それじゃあ、私はどう見えましたか？」

「年齢は二十歳くらい。海外旅行に慣れてなく、警戒心も不足している日本人。初めはツアーで観光に来てはぐれたのかと思った。だから声をかけたんだ」

「遠くから見ただけで、そこまで分かるんですね」

　さすがは外交官だと感心する。

「少し話してからの感想は、本来はひとり旅なんて許してもらえないような、箱入り娘だ。当たってるだろ？」

　蒼士が確信をつくような強い目を向けてきたものだから、彩乃は思わずこくっと頷いた。

　同時に、閉じ込めていたはずの鈍い痛みが広がっていく。

「箱入り娘と言えるかは分かりませんけど、過保護に育てられたと思います」

　そう。先日二十二歳の誕生日を迎えたそのときまでずっと、両親の娘として大切にされていると思っていたのだ――。

八月二十七日は彩乃の二十二回目の誕生日だった。

多忙で普段はゆっくり話す機会があまりない父も、毎年娘の誕生日は予定を空けて祝ってくれる。

『彩乃、二十二歳おめでとう』

『お父さん、お母さん、ありがとう』

二十二歳の誕生日祝いは、彩乃が好きな季節料理の店で行われた。

滝川家の行きつけで、彩乃も幼い頃から何度も通っている。

壺庭《つぼにわ》を臨む個室の中央に配された欅《けやき》の長テーブルに並ぶのは、誕生日用の特別料理だ。

美味しい料理に舌鼓を打ちながら、和やかな会話が続く。

『彩乃も来年は社会人なのね。月日が経つのは本当に早いわ』

母がしみじみと言うと、父も同意するように頷く。

『そうだな。よい就職先から内定を貰えて安心したよ』

今年は大学生活最後の年だからか、ふたり共とくに感慨深そうな様子だった。

彩乃は法学部を卒業後、大手法律事務所弁護士に秘書としての就職が内定している。

単位を落とす心配もなく、憂《うれ》いは何もない。

だから晴れやかな気持ちで宣言したのだ。

『来年は社会人になるし、早く一人前になれるように頑張るね』

ところが、両親の表情に影が差した。

『……どうかしたの？』

ふたりの様子に彩乃は首を傾げた。

食事中は機嫌がよさそうだったのに、いったいどうしたのだろうか。

『彩乃に話しておかなくてはならないことがあるんだ。大切な話だから、しっかり聞いて欲しい』

父が改まった様子で切り出した。

（大切な話？）

彩乃は戸惑いながら母の様子を窺《うかが》う。母はいつになく緊張を孕《はら》んだ顔をしている。

ふたりの態度から、話の内容が深刻なのだと察し、にわかに緊張がこみ上げる。彩乃はごくりと息を呑み父を見つめた。

『分かりました』

父は一度頷き、静かに口を開く。

『話というのは彩乃の生まれについてなんだ』

『生まれ？』

なんだか嫌な予感がする。

『彩乃は私たちの実の子ではなく養女だ』

『……え？』

彩乃の心臓がドクンと跳ねた。

（養女って私が？　お父さんとお母さんの本当の娘じゃないの？）

目の前がくらりと揺れた気がした。鼓動がドクドクと乱れ、大きな音を立てる。

『ど、どういうこと？』

『彩乃は私の従兄弟《いとこ》夫婦の娘だった。ただ事情があって二歳になってすぐに我々が引き取り養女にした』

その後の父の話によると、彩乃の実の父と母は親になるには未熟なふたりだったそうだ。自分たちの子供を育てられず、彩乃が二歳になる前に施設に預けた。

育ての父と母はしばらくしてからそのことを知り、養女に迎えると決断し彩乃を施設から引き取った。

親族の子供を放置なんてできないという、責任感と同情心によるものだった。

まだ二歳だった彩乃は、滝川家の両親を本当の家族だと信じ成長した。真実を伝えられるまで、ほんの僅《わず》かの疑いすら持つこともなく。

(だって……お父さんとお母さんはいつも私を大切にしてくれていたから)

親の愛は無償だと聞いたことがある。その通りだと思うほどに、彩乃は沢山の愛情を受けて育ったのだ。

今は結婚して独立した六歳上の兄も、彩乃を妹として慈《いつく》しんでくれた。

(でも、お兄ちゃんも知ってたんだ)

彩乃が引き取られたのが二歳だとしたら兄は当時八歳。いきなりできた妹と血が繋がっていないと理解ができる年齢だ。それでも彩乃に気付かれないように本当の兄として接し、可愛がってくれた。

何も知らなかったのは彩乃だけだったのだ。

『彩乃』

彩乃がひと言も発しないからか、父と母が心配そうに声をかけてくる。

『あ……大丈夫、聞いてるよ』

『本当はね、彩乃が成人した時に話そうと思ったの。でも私たちを慕ってくれるあなたにどうしても言い出せなくて……』

悲し気な表情の母が言葉を詰まらせた。代わるように父が続ける。

『この話をしたら彩乃がショックを受けることは分かっていた。だが黙っていても近いうちに必ず気付く時が来る』

彩乃は混乱しながらも頷いた。父が言う通り、この先彩乃が自分の戸籍謄本《こせきとうほん》を確認したら、養女であることが嫌でも分かる。

成人し社会人になり、戸籍を見る機会があるだろうからと、誕生日という区切りの日に両親は告白したのだろう。

その意図は理解できた。けれど感情はついてこない。

（私がお父さんとお母さんの本当の子じゃなかったなんて……）

『血が繋がっていなくても、彩乃は私たちの娘よ。実の娘だと思って育ててきたし、心から大切だと思ってる』

『家族の関係が変わることはない』

彩乃がショックを受けているのは両親も当然察しており、懸命にフォローをしてくれる。

『うん……』

（分かってる。ふたり共、私を愛してくれている）

仕事で来られなかった兄も、同じ気持ちでいてくれるはず。そう信じられるだけの絆をこれまでの長い年月で築いてきている。

でも、そんな自信が今大きく揺らぎはじめている。

数日たっても、心の底に横たわる重苦しさは消えなくて、気付けば溜息が漏れそうになるし、夜ベッドに入ると悲しくて涙が溢《あふ》れる。

実の両親に捨てられていたという事実も彩乃を傷つけた。

（それもまだひとりで生きていけない赤ちゃんだった頃に……）

まるで存在を全否定されているかのように、胸が痛い。

記憶にもない過去の出来事だし、今は幸せなのだから悲しむのは育ててきてくれた両親に失礼だ。

そう頭では分かっているけれど、胸に留まる痛みはなかなか癒えない。

どこか遠くに行ってひとりになりたかった。

彩乃の事情なんて関わりない人しかいないところで、気が済むまで悩んで泣いて、気持ちを立て直したかったのだ。

彩乃は両親には大学最後の夏休みにひとり旅をしたいと言って、日本を飛び出した。

フランスを選んだことに深い意味はない。

なんとなく憧れていた地だから。それだけだった——。

「ご両親に反対されなかったのか？」

「ひとり旅をですか？」

蒼士が「ああ」と相槌《あいづち》を打つ。

彩乃の脳裏に出発前の両親の様子が思い浮かんだ。とても心配そうな顔をしていた。反対と言いたい気持ちが漏れ伝わってくるくらいに。

それでも、最後まで駄目だとは言われなかった。

大学生になっても、門限を守るように言う厳しい両親なのに。

（きっと、私が気持ちを整理するのに必要な行動だと受け止めてくれたんだよね）

両親の気持ちを思うと、切なさがこみ上げる。

「……今回の旅行は特別に許してくれたんです」

「そうか。それならよい思い出になるように楽しまないとな」

蒼士が柔らかに微笑んだ。

「はい。パリ二日目にしてトラブルに遭いそうだったところを助けてくれた北条さんには感謝です」

「さっきも言ったが、そこまで感謝されることをしたつもりはないんだけどな」

「ああ、職業病みたいなものだっておしゃっていましたよね。大使館勤務だと、私みたいな日本人とよく会うんですか？」

「そうだな。パスポートを失くしたって駆け込む観光客もいるし、トラブルの相談を受けることもある」

「大変なんですね。北条さんはパリに来て長いんですか？」

「来月で一年になる。人気の観光スポットはひと通り回ったから、知りたいことがあったら聞いてくれ」

「すごい頼りになります。では……」

気になっていたヴェルサイユ宮殿やその他の名所について質問をする。

蒼士との会話は楽しく、憂鬱《ゆううつ》なことを忘れられる。彩乃にとって久しぶりに心から笑える時間だった。

彼は今日が初対面と思えないくらい、話しやすい。それどころかもっと会話をしたいとすら思う。

慣れないアルコールが体に巡っている効果もあるのかもしれない。

「滝川さんが希望する観光スポットを回るには、あと三日は必要だな」

「やっぱりそうですか……どこか諦めないとですね。明々後日の飛行機で帰国するので、観光に使えるのは二日しかないんです。それ以上は両親の許可がでなくて……私が頼りないからなんですけど」

成人しているのにと呆れられるかと思ったが、蒼士はいやと首を横に振った。

「それだけ家族に大切に想われているからだろう。どんなにしっかりしている娘でも親は心配するものなんじゃないか？」

蒼士が優しく微笑んだ。

彩乃も笑い返そうとする。でも上手くできなかった。

ふいに両親の顔が浮かんで、胸が痛くなったのだ。

「……でも、本当の両親じゃないんです」

思わずそう口にしてしまっていた。蒼士が「え？」と零《こぼ》し戸惑いを見せる。

「私、両親の実の子ではなく養子だったんです。先日それを知らされて、すごくショックで……」

晴天の霹靂《へきれき》。あの瞬間、普段は使わない諺《ことわざ》が思考を占めて、他には何も考えられなかったほどだ。

「私の実の両親は、私を育てるのを放棄して施設に預けて、それきり音沙汰《おとさた》なしだそうです。両親に捨てられてしまったんです」

血が繋がった両親に、どうなってもいいと思われた。その事実が未だ彩乃を苦しめて、辛いと感じる。

思わずはあと溜息が零れた。その瞬間、何か言いたげな表情の蒼士と目が合いはっとした。

（私、なんでこんな話をしちゃったの？）

今日会ったばかりの人なのに。

彼だってこんな話題を振られても迷惑だろう。現に笑顔は消えて、浮かない表情になってしまった。

「あの、私ったら変な話を……」

「捨てられたなんて言わない方がいい」

蒼士が彩乃の言葉を遮り言う。先ほどまでとは違う強い声音にどきりとし、再び後悔が押し寄せた。

「そうですよね、嫌なことを言ってすみま――」

慌てて謝罪しようとする彩乃の言葉を蒼士が遮る。

「君の両親は、これまで育ててくれたふたりだよ。話を聞いていて俺はそう思う」

「え……」

彩乃は戸惑い瞬きをする。

「君はつい先日まで自分が養子だなんて考えもしなかったんだろう？　二十年以上、君がほんの僅かな疑問さえ持つことがなかったのだとしたら、それは両親が実の子同然に愛情をもって育ててくれたからじゃないのか？」

彩乃はそっと目を伏せた。

全て蒼士の言う通りだからだ。ずっと大切にしてくれた家族。

「ショックを受ける気持ちはよく分かる。それでも悲しむよりも、君を愛し支えてくれる人たちをこれまで通り信じてみたらどうかな。家族はきっと君が元気になって帰ってくるのを待っているから。」

「そう……ですよね」

彩乃はゆっくり頷く。ぽろりと涙が零れた。

分かってる。初めから頭では分かっていた。

でも心がついていかなくてずっと悲しかった。

誰にも必要とされていないような気がして、その辛さを誰にも相談できなくて苦しかったのだ。

心配をかけたくなくて平気なふりをするのが辛くて、考えるほど孤独な気持ちになり両親の想いすら信じられなくなりそうで。

でも、蒼士の言葉で家族との絆を思い出せた。

(私はちゃんと愛されていた)

そのことに気付くことができ、心がすっと軽くなる。

「悪い。言い過ぎた」

彩乃が泣いてしまったからか、蒼士が慌てたような気配を滲《にじ》ませる。

「いえ、大丈夫……」

「今日会ったばかりの俺が、家庭の事情に踏み込むような発言をして悪かった」

「いいえ。私を心配してくれたんだって十分伝わってきました。ありがとうございます」

少し零れた涙を拭《ふ》きながら微笑むと、蒼士がどこか照れた様子を見せる。

「気を遣わないでくれ。繊細な問題なのに無神経だった。以前も余計なお節介をして失敗したっていうのに駄目だな」

蒼士が自嘲《じちょう》気味に言う。

「北条さんは面倒見がいいんですね。困っている人がいると放っておけないんでしょう?」

「いや、そんなにいいもんじゃない」

「でも私は励ましてもらってすっきりしました。きっと誰かに大丈夫だと言ってもらいたかったんだと思います。でも身近な人にはどうしても相談できなくて」

「親しいからこそ話せないってことはあるよな」

「はい、心配かけたくないので……そう言いながら、結局心配かけてしまってるんでしょうけど」

心配そうな両親の顔が思い浮かび胸が痛くなる。

「そうだな。でもだからと言って自分を責める必要はないと思う。君の立場なら俺だって平常心じゃいられない。むしろ理性的だと思うけどな」

「……そうでしょうか？」

「ああ。ご両親だってそう思って、本来は絶対反対するような箱入り娘のひとり旅を許したんじゃないか？」

「はい……そうかもしれません」

彩乃は少し微笑んで頷いた。

（不思議だけど北条さんと話していると、前向きになれる）

彼の言葉は単なる慰めの言葉ではなく、彩乃の心に染み入るのだ。

「ありがとうございます。段々元気が出てきました」

「それはよかった」

「くよくよしないで、旅を満喫するように頑張ります」

張り切って言うと、蒼士が笑顔になった。

「その意気だ。残りのパリ滞在が素晴らしいものになるといいな」

「はい。北条さんのおかげで、最高の旅になりそうです」

社交辞令ではなく、心からそう感じた。

（親に捨てられたとか、養女だったとか、感傷に浸って卑屈《ひくつ》になるのは止めよう）

今、自分を愛してくれている家族が真実だと自信を持っていいのだ。

彩乃はワイングラスを手に取った。残りはあと半分もない。

すると彼が心配そうに眉を顰《ひそ》める。

「あまり酒に慣れてないみたいだから止めたいところだが、今の君には必要そうだ。悪酔いしないのを頼んでおくよ」

彩乃とは違い蒼士はかなりお酒に詳しそうだ。

（七歳年上の社会人だものね）

きっとこれまでに様々な経験をして慣れているのだろう。

海外赴任をし自立しているというだけで、彩乃にとっては尊敬に値するし、実年齢以上の経験値の開きを感じる。

彼から見たら彩乃なんて、本当に子供同然だろう。

人目を引く際立った容姿の彼は、パリの街を歩いているときも、振り返って彼を見る人が何人もいた。面倒見のよさと、初対面なのに不安を感じさせないコミュニケーション能力。

(北条さんって、すごくもてるんだろうな……)

オーダーしてもらった淡い色のカクテルを飲みながら、彼の様子をちらりと窺う。

すると、彩乃が慌ててしまうくらい、思い切り目が合った。

どうやら彼は彩乃のことをずっと見ていたらしい。

「あ、あの……」

なんだか気恥ずかしくなって慌ててしまうと、蒼士が柔らかく微笑んだ。

「本当に元気になったみたいでよかった……こっちまで明るい気持ちになった。ありがとう」

「ええ？　どうしてですか？」

ついさっきまで暗い話をしてしまったというのに。

「純粋な君を見ていたら、心が晴れやかになる気がする」

彩乃は首を傾げた。

「北条さんも、何か悩みを抱えているんですか？」

彼のような器用でなんでも軽々こなしそうな人が、彩乃と同じような苦しさを抱えているると思うと不思議な気がした。

（でも、困っていることがあるなら、少しでも励ましてあげたいな）

恐らく彼の悩みは彩乃が役に立てるようなことではないだろうが、誰かに話を聞いてもらうだけで気が楽になることはある。ほんの少し前の彩乃のように。

蒼士にとって彩乃は、しがらみがなく、今後会う機会もないだろう相手だ。だからこそ気軽に話すことができるのではないだろうか。

「あの、もしよかったら、私に話してくれませんか？　あの、さっき北条さんに悩みを聞いてもらってすごく楽になったんです。身近な人に言えなくても、明々後日パリを発つ私になら愚痴でも言いやすいかなと思って」

彩乃の言葉に、蒼士は驚いたような表情になる。

「私は北条さんに助けてもらいました。だから少しでもお役に立ちたいんです」

彩乃は心をこめて蒼士に訴える。彼は相変わらず無言で彩乃を見つめたままで、反応がない。

「あの……もちろん、無理にとは言いません」

彩乃はどんどん自信がなくなっていくのを感じ、身を小さくした。

（北条さん困ってるみたい。余計なお節介だったのかも……そうだよね、よく考えてみたら北条さんの悩みを聞くなんて、私では力不足に決まってるもの）

よかれと思っての提案だったが、彼のような大人の男性が、まだ大学生の娘に何を相談するというのだ。

「なんか……生意気なことを言ってしまったかもしれません」

しゅんとする彩乃を見つめていた蒼士が、ワイングラスを手に取る。

口に運び一気に呷《あお》ると、彼は彩乃に柔らかな眼差しを向けた。

「いや、お言葉に甘えて聞いてもらおうかな。重い話で、君を不愉快な気持ちにさせてしまうかもしれないが」

「そんなことはありません、大丈夫です！」

蒼士が困ったように眉尻を下げた。安請け合いをする彩乃に呆れているのかもしれない。

それでも蒼士は静かに口を開いた。

「何年か前に、同僚の不正を告発したことがあるんだ」

「え……不正ですか？」

思いがけない、少しも想像していなかった内容だった。

「そう。告発した相手はただの同僚ではなく友人とも言える相手だった。だからこそ不正を反省してやり直して欲しかったんだ」

言葉と共に蒼士の表情が曇っていく。それだけで彼の期待するような結末にはならなかったことを察し、彩乃も息苦しい気持ちになった。

「……反省してくれなかったんですか？」

恐る恐る聞くと、蒼士が首を縦に振った。

「そうだな。彼は自分の行動を省みるよりも、俺を恨《うら》んだ」

「友達だったんですよね？」

「ああ。でも過去形だ。今は本人からもその家族からも恨まれている。俺の告発が原因で、友人の家族は崩壊してしまったんだ」

「そんな……」

（離婚してしまったということなのかな）

「それは気の毒だと思いますけど、友人の方は違反をしていたんですよね？　北条さんが気付いてしまった以上、黙っている訳にはいきません。正しいことをしたと思います」

外交官という職業は簡単になれるものではないと彩乃でも分かる。蒼士の告発でその職を失ったのだとしたら、恨んでしまうかもしれない。けれど、彼は間違ってはいないと思った。

彩乃の父は公明正大な人だ。その影響を受けたのか、良心に恥じない正しい行いをしたい。そんな風に考えている。だから蒼士の行動は共感できる。

「ご友人が家族を失ってしまったことで同情して、心が痛むのだと思いますけど、自分の信念を曲げて、友人の罪を見過ごしたら、きっと今頃もっと後悔しているんじゃないでしょうか」

今、蒼士が迷っているように見える。でも彼の正義を見失わないで欲しいと思う。

しばらくの沈黙の後、蒼士がふっと肩の力を抜く気配がした。

「そうだな。見て見ぬふりをしたら、俺はきっと今よりも後悔していた……気付かせてくれてありがとう」

蒼士が彩乃を見て優しく笑った。

「あ……あの、私みたいな社会人経験がない学生が生意気なことを言ってしまってすみません」

「どうして謝るんだ？　励ましてくれたのは分かってる。心に響いたよ」

蒼士の大きな手が、彩乃の頭をぽんと撫でた。まるで幼い子にするような動作だけれど、嬉しくて頬が緩んだ。

「それならよかったです……北条さんに励ましてもらって前向きになれたので、私も少しでも力になれたらいいなって……」

「滝川さんは優しいな」

「そんなことないです」

蒼士の優しい声に、恥ずかしくなってしまう。彩乃は目を伏せて落ち着こうと深呼吸をした。

（私ったら照れ過ぎ）

蒼士のような大人の男性から見たら、ひどく子供っぽく映ってしまっているだろう。早く落ち着いて、しっかり彼の目を見て会話をしなくては。そう思うのに、蒼士と目が合うと、どくんと鼓動が跳ねて頬に熱が集まってしまう。

慣れないアルコールのせいだろうか。それとも……。

内心慌てているところに、蒼士の声が耳に届く。

「滝川さん。よかったら明日の午後、パリの街を案内しようか?」

「え?」

思ってもいなかった誘いに、彩乃はポカンと口を開けてしまう。

その様子を見た蒼士が、楽しそうに笑った。

「そんなに驚くな」

「だ、だって、今日だけでもありがたいのに、明日も付き合っていただくなんて……お仕事だってありますよね?」

「いただくって、滝川さんは本当に真面目だな。でも気にしないで大丈夫。運がいいことに明日も休日なんだ。午前中は予定が入っているが、午後からなら空いている」

「そうなんですか? それなら……」

本音を言えば、蒼士に案内してもらえるのは助かる。

「せっかく仲良くなったんだ。観光の後に食事もしよう」

(それに……北条さんとこれきりになるのは寂しい)

今日会ったばかりとは思えないほど、彼に親しみを感じている。もっと彼と話したい。彼のことが知りたい。

「ご迷惑でなかったら……お願いします」

「ああ。楽しみだな」

「はい、すごく」

その後少しおしゃべりをしてから、蒼士にホテルの前まで送ってもらい別れた。

一日中歩き回ったので体はくたくただったけれど、シャワーを浴びて広いベッドに横たわってもなかなか眠気が訪れなかった。

（北条蒼士さん……）

彩乃の窮地を救ってくれた。それだけでなく、優しくて頼りになって……すごくかっこいい大人の男性。

幼い頃の淡い初恋以降、恋愛とは無縁だった。友人達が楽しそうに恋バナをするのを見て、少し羨《うらや》ましいと思っても、誰かを好きになりはしなかった。

それなのに、今彩乃の胸は高鳴り、頭の中は蒼士でいっぱいになっている。

（ひと目惚れとは違うと思うけど）

彼を好ましく感じて、別れたばかりなのに明日が楽しみでうきうきして……。

（早く会いたいな……）

彩乃はごろりと寝返りを打つ。目を閉じてもなかなか眠れそうになかった。

翌朝。前日よりも少し遅く目が覚めた。
正午過ぎに蒼士と約束をしているので、朝食後に近くを見て回ってみるつもりでいた。
ところが、身支度を整えて部屋を出ようとしたそのとき、スマートフォンが鳴った。
パリに来て初めての着信だ。
画面を確認すると父からだった。
(日本は夕方だよね？　お父さんは勤務中のはずだけど)
父が仕事中に私用電話をしてくることは滅多《めった》にない。
恐らく急用だろうと、彩乃は少し緊張しながら画面をタップして耳に当てた。
「はい」
『彩乃。今どこにいる？』
父の声はどこか焦りが滲んでいた。ますます戸惑いながら、彩乃は返事をする。
「ホテルの部屋だけど、何かあったの？」
『今から言うことを落ち着いて聞きなさい』
父の声は深刻さを帯びていて、彩乃はごくりと息を呑んだ。とても嫌な予感がする。
『近いうちにパリの治安が悪化する可能性があるとの情報が入った』

「治安が悪化？」

『詳しくは話せないが、お前は予定を早めて帰国してくれないか？』

「でもこの後に約束があって……」

咄嗟に浮かんだのは蒼士の顔だった。

『約束？』

父が不審そうに聞き返す。

「あ……あの、午後に観光の予定があって」

『残念だが、それはキャンセルしてくれないか？　万が一にもお前を危険な目にあわせたくないんだ』

「でも……」

父は彩乃を心配して言っているのは分かっている。いつもなら素直に従っている状況だ。

けれど今は簡単に頷けない。

「ここで何かが起きるというなら、私だけではなくて他の観光客の人たちだって危ないんじゃないのかな？　その、大使館で働いている人とかも」

蒼士の身だって危険なのだ。事前に情報があるのなら、皆に警告した方がいいのではないだろうか。

『あくまで危険になる可能性があるということだから無責任な情報は出せない。でも私は僅かな可能性だとしてもお前には帰国して欲しいんだ』

「でも……お父さんがそこまで言うってことは、かなり信憑性《しんぴょうせい》が高い情報なんでしょう？　だったらせめて大使館の人には話して……」

『大使は既に把握しているから、必要ならば日本人を保護するために適切な対応をするだろう。彩乃は心配しなくていい』

「そうなんだ……でも……」

やっぱり自分だけが帰国するのは気が引ける。何よりも蒼士とこのまま別れるのは嫌だ。

『彩乃、頼む、私の言う通りにしてくれ。お前が心配なんだ』

ところが父の心底心配そうな声が耳に届いた瞬間、昨夜の蒼士の言葉を思い出した。

『二十年以上、君がほんの僅かな疑問さえ持つことがなかったのだとしたら、それは両親が実の子同然に愛情をもって育ててくれたからじゃないのか？』

『家族はきっと君が元気になって帰ってくるのを待っているから』

彼が言う通り、父はただ彩乃の身を案じているのだ。そう分かっているのに頼みを断るなんてできない。

「……分かった」

『そうか。せっかく観光を楽しんでいたのにすまない』

「大丈夫。お父さんが心配してくれているのは分かってるから……」

父がほっとした様子が電話越しでも伝わってきた。

通話を終えた彩乃は、ホテルの窓から街並みを見下ろした。

（こんなに平和に見えるのに）

父の情報は本当なのだろうか。大袈裟《おおげさ》に言っているのではないだろうか。

未練からかついそんな考えが浮かぶが、その考えを振り払った。

これ以上、考えては駄目だ。

「まずは帰りのフライトの変更をしなくちゃ。荷物を纏《まと》めて、それに北条さんに観光に行けなくなったって連絡を……」

そう呟いてはっとした。

（私、北条さんの連絡先を知らないんだった）

約束はしているけれど、彼がホテルまで迎えに来てくれることになっていたのだ。

（どうしよう……あ、コンシェルジュにメッセージを預ければ大丈夫かな）

もし彩乃宛てに人が訪ねて来たら渡して欲しいとお願いしよう。

帰国の準備や、メッセージを用意しているだけで、あっという間に時間が過ぎていく。

帰りの便まで時間がないので、名残を惜しむ間もなく、ホテルでタクシーを呼んでもらい、シャルル・ド・ゴール空港に向かった。

羽田《はねだ》空港で入国手続きを済ませて荷物を受け取ると、帰ってきたのだとほっとした気持ちになる。

長時間のフライトで少し疲れを感じながら到着ロビーに辿り着くと、ここにいるはずがない母が駆け足で近づいてきた。

「お母さん？」

「彩乃！　よかった無事に帰ってきて」

母は余程心配していたのか、いきなりぎゅっと抱きしめられる。

「お母さん……」

こんな風に抱きしめられたのはいつぶりだろう。年齢を重ねるにつれて母との関わりが減っていったが、幼い頃はいつもこうやって側にいてくれていたのに。

雷を怖がる小さな彩乃を、ぎゅっと抱きしめてくれたとき、本当に心強かった。

（本当に……北条さんが言っていた通りだな）

彩乃にとっての両親は、今抱きしめてくれている母。そして心配してフランスまで連絡をしてきた父なのだ。

「……心配かけてごめんね」

いろいろな意味を込めて伝えると、返事の代わりにまた強く抱きしめられた。

「いいのよ、ちゃんと帰ってきてくれたんだから……さ、家に帰りましょう」

「うん」

彩乃は母と共に、慣れ親しんだ自宅に向かったのだった。

二章　再会はお見合いの席で

「彩乃にお見合いの話があるのよ」

残暑厳しい九月中旬の日曜日。

自宅の冷房がよく効いたリビングルームで読書中だった彩乃に、母が世間話のような軽い口調でそう言った。

「え……どうしたの急に」

彩乃は戸惑いながら、手にしていた文庫本を閉じる。

(結婚の話なんて、今まで一度もしたことなかったのに)

大手法律事務所に入所し弁護士秘書として働きはじめて三年。先日の誕生日で二十五歳になった。結婚適齢期と言えないこともないが、結婚どころか恋人すらいないのが現状だ。

(結婚の気配が全然ない娘が心配になったのかな?)

首を傾げていると、母がいそいそと彩乃が座る三人掛けソファの隣に腰を下ろした。

栗色に染めた髪をゆったり纏め、上品なブラウスとスカートを着こなしている母は五十代後半と思えないほど若々しく、それでいて古風な慎ましさがある。

「お父様の仕事の関係で、とてもいい話をいただいたのよ」

「仕事と言うと、警察の方？」

彩乃の父は現在警察庁の幹部を務めているから、仕事関係と言えば警察官が真っ先に思い浮かぶ。

「ええ」

思った通り母が肯定した。

「お父様も認める優秀な方だそうなの。今年三十二歳だから彩乃とは少し年が離れているけれど、仕事ができて将来有望なんですって。すごくいいお話だと思うわよ」

母はかなり乗り気のようだった。

「そうなんだ……」

父が言いだし母が乗り気になるような縁談なら、きっと相手はよい人なのだろう。滝川の家にとって為になるはずだ。

それでも彩乃は少しだけ切ない気持ちになって目を伏せた。

思い浮かぶのは、三年前に異国で出会い彩乃を励ましてくれた彼の姿。

（北条蒼士さん……慌ただしく帰国して、あれきりになってしまったけど、元気にしているのかな?)

一緒に過ごしたのはほんの僅かな時間だったのに、彼の存在は彩乃の心に深く刻み込まれている。いつか偶然でも、もう一度会いたいと願っていた。

恋と言えるかは分からない。でもふとした瞬間に思い出すのは彼だけだった。

「彩乃?　どうしたの?」

なかなか返事をしなかったからか、母が心配そうに彩乃の顔を覗き込む。

「あ、なんでもないよ」

笑って誤魔化したけれど、母はますます心配そうに顔を曇らせる。

「……もしかして好きな人がいるの?」

「え?」

「だから悲しそうな顔をしているんじゃないの?　そういう相手がいるなら気を遣わずはっきり言っていいのよ?」

「お母さん……」

母は心からそう思っているのだと伝わってきた。昔から彩乃を実の娘同様に大切に慈しんでくれた人だから、縁談を断ったら滝川家にとってよくない状況になるとしても、彩乃の気持ちを優先しようとしてくれているのだろう。

（でも、私は……）

彩乃は決意をして笑顔をつくった。

「今のところ恋人も好きな人もいないよ。お見合いの話進めてもらって大丈夫だから」

「本当にいいの？」

念を押す母に彩乃はしっかりと頷いた。

「うん。お父さんとお母さんが選んだ人なら安心だから」

ずっと優しく支えてくれた家族に恩返しがしたいと思っていた。自分が役に立つのなら、できる限りのことをしたい。

「よかったわ。早速お父さんに連絡するわね」

「うん」

彩乃は大切な思い出に蓋をして微笑んだ。

縁談はとんとん拍子に進み、翌週に顔合わせが決まった。

お相手は難関の国家公務員総合職試験を通過し警察庁に採用された警察官僚。いわゆるキャリアという警察組織の中に一握りしかいないエリートだそうだ。

警察庁から警視庁の捜査二課に出向し、管理官として現場の指揮を執っているとのこと。現在の階級は警視だが、近いうちに警視正になるそうだ。

素晴らしい経歴で、父の娘という立場がなかったら、彩乃が関わることなどないような人だ。

見合いが決まってから三日後の夜。

シャワーを終えてから自室で寛いでいたところに、職場から帰宅した父に呼びだされた。

「お父さん、お帰りなさい」

リビングのソファに腰を下ろしていた父の顔に笑みが広がった。

「彩乃、ただいま」

体が大きく強面で厳しい空気を漂わせる父だが、娘にはかなり甘い。

ひと睨《にら》みで犯罪者も凍りつかせそうな厳しい眼光はどこにもなく、目じりを下げて彩乃を出迎え、隣に座るように言った。

「遅くに呼んで悪いな。身上書が届いたから彩乃に早く渡したかったんだ。しっかり目を通しておきなさい」

「はい」

彩乃は父から身上書を受け取ると、少し緊張しながら表紙を開いた。

(優しそうな人だといいんだけど)

父から聞いた見合い相手の人物像は優秀だけど厳格なイメージで、近寄りがたい印象だったから少し心配だ。

ドキドキしながら、まずは写真を確認する。その瞬間彩乃は大きく目を見開いた。

(えっ？　……北条さん？)

写真に写る男性は、忘れられない彼とそっくりだったのだ。

均整がとれたスタイル。丁度よい大きさの二重の目に平行するきりりとした眉。通った鼻筋にシャープな顎のライン。

写真でも損なわれない美貌《びぼう》は、この三年ずっと心に残っていたものだ。

(うそ……そんな偶然がある訳ないよね？)

どくんどくんと鼓動が大きくなる。期待からくる緊張感でいっぱいになりながら肝心の氏名に視線を移す。そこに北条蒼士と、彩乃が知っている彼の名があった。

(北条さんだ！)

間違いなく彩乃が知っている彼だった。

「で、でも、警察の人がどうして外交官に？」

思わず上げた声に、父が僅かに首を傾げる。

「外交官？　ああ、フランスでの大使館勤務のことか？」

「え？　あの……」

「彼の経歴を見たのだろう？　意外と思うかもしれないが、警察庁からも大使館に出向するんだ。大使館警備の計画を立て、要人の護衛をする仕事だ」

昔から父は彩乃に優しい。難しい言葉を避けて前提知識がなくても分かるように話してくれる。

おかげで彼がフランスでどんな仕事をしていたのかイメージできた。

彩乃は経歴の部分に素早く目を通した。父が言う通り、在フランス日本国大使館に三年間の出向と記されていた。帰国したのは昨年のようだ。

（そう言えば、北条さんは大使館で働いているとは言っていたけど、外交官だとはひと言も言わなかった）

大使館で働いていると言われて、彩乃が外交官だと思い込んだだけなのだ。

（スリを見抜いたところとか、思い出すと警官らしかったかもしれない）

「彩乃？　何か気になることがあるのか？」

あれこれ考える彩乃に、父が声をかけてきた。

母と同じように彩乃の気持ちを慮ってくれているのが伝わってくる。

「ううん。そうじゃなくて……すごく素敵な人だから驚いてしまって」

「はは。そうだな。彼は彩乃を安心して任せられる真面目で仕事熱心な青年だ」

父は機嫌よく声を立てて笑い蒼士を褒める。

「うん、安心した」

「彩乃が前向きのようでよかったよ」

彩乃はいろいろな意味を込めて言ったが、父は言葉通り受け止めたようだ。娘がお見合いに乗り気な様子に満足しているのだろう。

彩乃は蒼士の写真にもう一度目を向けた。

写真の中の彼が真っ直ぐこちらを見つめている。顔や髪形は彩乃の記憶とほとんど変わらないけれど、あのときのような笑顔ではなくきりりとした表情だ。

エリートと呼ばれる警察官僚らしい。

（笑顔もよかったけど、厳しい雰囲気も似合うんだな）

彩乃は身上書を手にしてソファから立ち上がった。

「お父さん、私はそろそろ休むね」

「ああ、おやすみ」

「おやすみなさい」

自室に戻った彩乃は、ベッドに横たわり目を閉じた。

写真を見たときの衝動はとても大きなものだった。今だってまだ心臓がドキドキしている。

彼に会いたいとずっと思っていた。

どこかで再会したら、何を話そうかと何度も想像した。

（でもまさかお見合い相手になるなんて思わなかった！）

彩乃はベッドの上で体を転がし、枕に顔を突っ伏した。

（彼と結婚するかもしれないなんて信じられない……）

両親が薦《すす》めるお見合い相手と結婚するつもりでいた。そうやって安定した幸せな家庭を築くことが、長年慈しみ育ててくれた家族への恩返しになるだろうから。

夫になる相手とも、少しずつ仲良くなって、よい夫婦になれたらいいなと思っていた。

でも今、彩乃の胸は期待に満ち溢れている。

義務や責任や恩返しの気持ちではなく、ただ蒼士との再会が楽しみで仕方がない。

（彼も私の身上書を見てるんだよね？　驚いたかな……それとも、もう忘れちゃったかな）

あれからもう三年が経っている。大使館勤務の彼はあれからも大勢の日本人観光客と接しているはずだ。そんな沢山の出会いがある中で、たった半日過ごしただけの彩乃を覚えてくれているだろうか。

彼と会うのは楽しみだけれど、不安もある。

（覚えていてくれたらいいな……）

その夜はなかなか寝つけなかった。

九月下旬の日曜日の昼過ぎ。彩乃はお見合いのために、父と共にタクシーで東京駅近くの料亭に向かっていた。

彩乃の装いは、この日のために母が用意してくれた赤地に菊柄の着物姿だ。赤という色味が少し派手かと思ったけれど、実際着てみると意外に彩乃の肌色に馴染み顔色がよく見える。父もよく似合うと太鼓判を押してくれた。

蒼士との三年ぶりの再会だから、できるだけよく見られたい。

そう思っていたから華やいだ着物姿の自分を鏡で見たときに、嬉しくなって少しだけ自信が持てた。

タクシーは大きな通りを出て少し走ると、ぐるりと塀で囲まれた屋敷の前で停車した。

立派な門から純日本風の屋敷に道が続いている。

近くに大きな通りがあるとは思えないほど、屋敷の中は静かで落ち着いた空気が漂っていた。

ここは父が勤務する警察庁からも割と近く、ときどき利用することがあるので勝手がいいそうだ。

今日席に着くのは当事者ふたりと、それぞれの付き添いがひとりずつ。

蒼士の方の付き添い人は彼の上司とのこと。彩乃の父とも面識があるらしい。

彩乃以外は警察関係者で、仲人も立てない比較的気楽なお見合いだから、桜田門《さくらだもん》からも近い慣れた場所にしたそうだ。

料亭の従業員に案内されて個室に入る。彩乃は緊張しながら席に着いた。

「そんなに固くならなくて大丈夫だぞ」

父が彩乃をリラックスさせようと声をかけてくれる。

「うん。でもこういう席は初めてだからドキドキしちゃって」

本当は蒼士との再会に緊張しているのだけれど、父にはあのときの出来事を話していない。

ひとり旅の途中で面識がない男性とふたりで観光をした。なんて知ったら心配させてしまうと思ったから。

「そろそろ時間だな」

父の言葉で、彩乃の鼓動が落ち着きなく高鳴っていく。

（ひと言目にはなんて言えばいいのかな。お久しぶりですがいいかな？　私たちが知り合いだったたって知ったらお父さんは驚くだろうな……）

頭の中で彼と顔を合わせたときのシミュレーションをしていたそのとき、引き戸の向こうから人の声がした。

「失礼いたします。北条様がご到着されました」

直後、すっと音を立てずに戸が引かれる。

眩しい陽の光が室内に入り込み、彩乃は反射的に目を閉じる。数秒後にそっと目を開いた先には、思い出と少しも変わらない蒼士の姿があった。

（北条さん……）

ドクンと心臓が高鳴った。

そして彼に励まされた、忘れられない記憶が蘇《よみがえ》る。再会を実感してじわりと喜びが溢れ出す。彼が彩乃に目を向け、視線が重なり合う。

彩乃は喜びのまま、素直ににこりと微笑んだ。

ところが彼はすっと目を逸らし、父に向かって頭を下げた。

「お待たせして申し訳ありません」

彩乃は戸惑い瞬きをした。

（北条さん？）

確かに目が合ったはずなのに、まるで知らない人のようになんの反応もなかった。

「いや、我々が早く来過ぎたんだ。佐藤《さとう》君も気にしないように。さあ、座ってくれ」

彩乃の隣で父が機嫌のよい声を上げた。

この中では父が一番上の立場らしく、蒼士の上司だという付き添い人も、父に対してかなり気を遣っている様子が窺える。

「はい。失礼いたします」

蒼士が彩乃の正面に、佐藤が父の正面に腰を下ろした。

「北条蒼士と申します」

蒼士が低く張りがある声で、挨拶をはじめる。

その様子をじっと見つめていたらまた目が合ったが、彼の表情には一切の変化が表れていない。

（も、もしかして、私のこと覚えてないのかな？）

父が同席しているから気安く話しかけられないのかとも思ったが、蒼士の様子を見ていると、そうではないように感じる。

本当に今日初めて会った人のように、なんの感情もなく彩乃を見つめているのだ。

（そっか……やっぱり、忘れられちゃったんだ）

彩乃は落胆して目を伏せた。

可能性は考えていたけれど、期待する気持ちの方が大きかったから、いざ現実を突きつけられると心が痛む。

（仕方ないよね……三年前にたった数時間一緒に居ただけなんだから）

彩乃にとって大切な思い出でも、彼には日常の一コマだったのだろう。

そうやって割り切ろうとするけれど、気持ちが沈むのは止められない。

「……彩乃？」

「え？」

「どうしたんだ？　挨拶をしないと」

気付けば父が心配そうに彩乃を見ていた。父だけでなく、蒼士と佐藤も怪訝そうな目をこちらに向けている。

「あ……申し訳ありません。滝川彩乃と申します。現在は銀座《ぎんざ》の法律事務所に秘書として勤務しており……」

彩乃は慌てて頭を下げて、用意していた自己紹介の言葉を述べる。

蒼士は相変わらず無表情で、彩乃の話に耳を傾けている。以前のような優しい笑顔は最後まで見られなかった。

その後はしばらく四人で会話すると、父と佐藤が示し合わせたように部屋を出ていった。

しばらくの間、当人同士で会話をしろということらしい。

蒼士とふたりきりという状況に、彩乃の体が固くなる。彼と再会する前の期待からくるものとはまた違う、心臓をぎゅっと掴まれたような冷ややかな緊張で沈黙がきつい。

（どうしよう、すごく気まずい）

この空気を変えたくて、とにかく何か言わなくてはとの思いで、彩乃はまだ混乱したまま口を開いた。

「あの……私のこと覚えてませんか？」

（え？　何言ってるの私！）

言った瞬間後悔した。いきなりそんな話をするつもりはなかったのに、ついぽろりと出てきてしまった。

彼が彩乃を忘れているのは明らかなのに、いきなり覚えてる？と聞くなんて責めているように受け止められてもおかしくないというのに。

いや、軽薄で押し付けがましいと思われたかもしれない。

実際彼は驚いたように、目を丸くした。

「あの、実は私たちは三年前に……」

「覚えてるよ。パリで会ったよな」

「は、はい。そうです」

予想外にあっさり話が通じたので戸惑いながら、彩乃はこくこくと首を縦にふる。

(よかった、覚えていてくれたみたい)

それとも忘れていたけれど、彩乃に言われて記憶が蘇っただけなのだろうか。どちらにしろ思い出してくれたことが嬉しかった。

緊張していたことなど忘れて、彩乃は丁寧に頭を下げた。

「あのときは、困っているところを助けていただきありがとうございました」

「いや、そんなお礼をしてもらうほど大したことはしてないよ」

「いえ、とても助けられたので、感謝していたんです」

言葉の通り蒼士にとっては大した出来事ではなかったのだろう。ずっと彼を忘れないでいた彩乃にとってそれは寂しい事実だけれど。

蒼士は彩乃から視線を逸らし、引き戸の向こうに広がる外の景色に目を向けていた。それほど広さはないが、枝葉が綺麗に切りそろえられた樹々が並び、眺めを楽しめるようになっている。

顔見知りだと確認できたからだろうか。気まずさはいつの間にか消えていて、彩乃も穏やかな気持ちで彼と同じように景色に目を向けた。

「あのとき会った君と、まさかこうやって再会するとは思わなかったな」

蒼士がぽつりと呟いた。それは彼の本心なのだと伝わってきた。

「本当ですよね。私もお見合いの相手が北条さんだと聞いて、すごく驚きました」

蒼士が外に向けていた視線を彩乃に戻した。

「俺も驚いたよ。さっき初対面のふりをしたのは、君がパリでのことをご両親に話しているか分からなかったからなんだ」

「そうだったんですね。お気遣いいただいてありがとうございます。おっしゃる通り両親には話せていなくて。帰国したときは、現地で知り合った男の人とふたりで食事に行ったなんて言ったら心配させちゃうかと思って黙っていたんです。お見合いが決まってからも、なんとなく言い辛くて。父は社会人になった今でも過保護なところがあるから」

彩乃の言葉に、蒼士がふっと微笑んだ。

「ご両親と上手くいっているようだな」

彼の微笑みがパリで見たときと同じように優しくて、嬉しい気持ちがこみ上げる。

（あのとき、私が話したことを、覚えていてくれたんだ……）

彼が励ましてくれたから、塞《ふさ》ぐ気持ちから抜け出したし、帰国してからも卑屈にならずに両親に素直に接することができた。

「はい。仲良くしています」

「よかった」

蒼士との間に漂う空気は柔らかで、ますます思い出が蘇る。

それでもあまり過去の話をするのは、気が引けた。

蒼士は、大したことではないと言っていたし、あのときの出来事に対する重みが違うのは明らかだから。

「滝川さんはこの縁談に抵抗はなかったのか？　まだ二十五歳になったばかりで仕事

にも慣れてきたところだろう？」

「両親から話を聞いたときは驚きましたけど、でも抵抗はありませんでした。父が信用する相手なら安心だと思ったので。それに私は人見知りなところがあるので、お見合いは私に合う出会いの場だと思ったんです」

実際よりもかなり見合いに前向きな発言になったのは、蒼士に嫌々来たのだと思われたくないからだ。

「あとやっぱり、両親に安心してもらいたくて……」

蒼士は納得したように頷いた。それから彩乃を真っ直ぐ見つめて口を開く。

「それなら、俺と結婚して欲しい」

その言葉に彩乃はかなり驚いた。彼がこれほどこの見合いに積極的だとは思っていなかったのだ。

「あの……私は問題ありませんけど、北条さんは大丈夫なんですか？」

「大丈夫とは？」

「結婚相手が私でいいのかと思って。北条さんは優秀な警察官僚だと聞いています。私よりもずっといい人と出会うチャンスは沢山ありそうだから」

その発言は意外だったのか、蒼士がまじまじと彩乃を見つめる。それからくすりと笑った。

「ずいぶん謙虚なことを言うんだな。次期警察庁長官令嬢との縁談なんて、誰もが羨むようなものなのに」

「あ……そうですね」

彩乃は胸にチクリとした痛みを覚えながら、なんとか相槌を打った。

父が警察組織の中でかなり高位の影響力のある地位にいるのは知っている。上を目指しているのなら、その娘との結婚は人脈をつくるうえでも役に立つのだろう。

（そうだよね。北条さんがお見合いに応じてくれたのは、きっと私がお父さんの娘だからだ）

それなのに、前提をすっかり忘れて〝自分でいいのか？〟と聞いてしまった。

彼が求めているのは、彩乃自身ではないのに。

再会して思い出してもらって、優しく笑いかけられて、勘違いしたつもりはないけれど浮かれてしまっていたのだ。

「でも俺は君が……」

蒼士が何か言いかけて口を閉じた。柔らかな表情がすっと消える。

「北条さん、すみません。今、なんておっしゃったんですか？」

最後まで聞き取れなかったため聞き直す。

「……俺は君との縁談を進めたいと思ってる」

「は、はい」

今度ははっきり聞き取れたので、彩乃はしっかり頷いた。どんな理由だとしても、彼が前向きに考えてくれるのなら応じたい。

そのとき微かな足音が耳に届いた。父たちが戻ってくるようだ。

「彩乃さん」

「え?」

突然名前を呼ばれて彩乃は目を瞬いた。

「これからは名前で呼ぶことにするから。苗字呼びじゃ他人行儀だろ?」

「あ……そうですね。では私も蒼士さんと呼ばせていただきます」

「ああ」

彼の名前を口にしたとき、照れくさい気持ちがこみ上げた。

縁談を進めるということは彼とは婚約者になるのだから、少しもおかしなことではないのに、とても意識してしまう。

彼の方は平然としていて、少しも照れていないけれど。

それも当然だ。蒼士が彩乃との縁談に前向きなのは、自身のキャリアにプラスになるからで、恋愛感情はないのだから。

（でも……一緒に過ごしていたら、いつかは好きになってくれるかもしれない。いつかその日がくるのを信じて、よい奥さんになるために頑張ろう）

彩乃は蒼士の横顔を見つめながら決心した。

ふたり共結婚の意思があることを伝えると、父は大喜びをした。

蒼士を相当買っているらしく、とても満足なようだった。

その後、蒼士の家族への挨拶をしてから改めて話し合いをした。

結婚式は一年後に挙げるが、婚姻届はすぐに提出して、蒼士が暮らすマンションで新婚生活をはじめることに決まった。

引っ越しの日、荷物は前もって業者に任せ、彩乃は蒼士の迎えの車で家を出ることになった。

両親は車の前にまで来て彩乃を見送ってくれた。

「頑張るんだよ。困ったことがあったらいつでも相談するように」

父が名残惜しそうに言う。母も心配そうな表情だ。

「彩乃がこんなに早く出ていくとは思っていなかったから寂しいわ。蒼士さんと仲良くするのよ。寂しくなったらいつでも戻ってきていいんだからね」

「お父さん、お母さん……ありがとう」

心から心配して愛情を与えてくれる両親に、彩乃は感謝の気持ちでいっぱいになった。

（これまで育ててくれてありがとう）

自然とそんな言葉が浮かんだけれど、結婚式の日まで取っておこうと思う。

「北条君。娘を頼んだよ」

父が蒼士を見つめて告げる。

「はい。お任せください」

蒼士は上官への態度に相応《ふさわ》しく真摯《しんし》に応える。

きりりとした表情と頼もしい言葉に、思わずどきっとする。

「行こう」

蒼士に促されて車に乗る。

車が走り出しても両親は、ずっと手を振っていた。

バックミラーでその様子を見ていた彩乃の胸の奥が熱くなる。

「大丈夫か？」

そんな彩乃に蒼士が声をかけてきた。

「あ、はい。少し寂しくなっただけです」

彩乃は答えながら隣に顔を向けた。

運転中の蒼士は真っ直ぐ前を向いている。端整な横顔が憂いを帯びている気がした
が、それは彩乃の勘違いのようで彼は明るい声音で言った。

「早速ホームシックか？」

「違いますよ。ちょっと別れの寂しさを感じてただけです」

「マンションから実家まではすぐだ。いつでも帰れる」

「そうですね。でもしばらくは新しい暮らしに慣れるように、頑張ります」

彩乃は意識して笑顔をつくる。すると蒼士の雰囲気が柔らかくなった気がした。

「無理はしなくていいからな。彩乃が困らないように俺が側で支えるから」

彼に守られていると感じる言葉に、彩乃の心臓がどくんと跳ねる。

「あ、ありがとうございます……」

蒼士が暮らすマンションは彼の通勤に便利な東京駅近くにある。

住宅街に溶け込む低層階の造りで、通りから奥に入っているおかげで静かで落ち着

きがある環境だ。

引っ越し前の準備で二度ほど訪ねているので、駅までの道くらいなら分かるが、病院や商店街などは、落ち着いてから散歩がてら確認するつもりだ。

彼の部屋はマンション最上階の三階の角部屋。間取りはふたり暮らしには余裕がある3LDKで、彩乃の個室として与えられたのは、リビングから続く八畳の洋室だった。

南側に窓があり明るい陽射しが贅沢に差し込む気持ちがいい部屋だ。

蒼士の部屋は玄関近くの北側で、彩乃の部屋よりはトーンが暗い印象がある。部屋割を聞いたとき、自分の方がよい部屋を使っていいのか気になったが、部屋割には合理的な理由があった。

『俺は仕事の状況によって深夜帰宅の日もあるし、早朝に急に出る場合もある。出入りするのに玄関近くの方がいいんだ』

それならと、遠慮なく使わせてもらうことにした。

いずれは同室にするかもしれないけれど、今のふたりの距離感だと、彩乃は個室が丁度よいと感じている。蒼士も同様の考えだからその辺は揉めずにすんなり決まった。

実家からの荷物は事前に運び込まれていて、家具は希望していた通りに配置されていた。

あとは段ボールに詰められている洋服などを仕舞うだけだ。実家で断捨離をしてきたので、引っ越しと言ってもそれほど時間はかからない。

それよりも蒼士がいるうちに、買い物に行った方がいいかもしれない。

「蒼士さん、よかったら買い物に行きませんか？」

彩乃はリビングに居た蒼士に声をかける。

「ああ。ついでに食事もしてこよう。歩きと車どっちがいい？」

「道を覚えたいから歩きがいいです」

「分かった」

すぐに準備をして出発する。

マンションと駅の間は彩乃の足で七分くらい。駅周辺には大きなスーパーや病院、図書館など暮らしに必要な施設が揃っていた。マンションから駅とは反対方向に向かうと、昔ながらの商店街があるとのこと。

買い物をする前に、個人経営のカフェで昼食をとることにした。

苺《いちご》を使ったスイーツが一部界隈で有名な店だそうだが、苺が旬ではない今は、それほど混雑しておらず、スムーズに席に着くことができた。

ランチメニューのリゾットとアイスコーヒーを注文すると、手持ち無沙汰になった。

こういう何もやることがない時間が訪れると、少し落ち着かない気持ちになる。

何かを話さなくてはと、いろいろ気を回してしまうのだ。

パリで過ごした時の方が、何も考えずに自然にいられた気がする。

以前のように自然に振舞えないのは、彼が彩乃のことをどう思っているかが分からないから、というのが大きい気がする。

彩乃がお見合い結婚に抵抗なく、婚約、同居とスピード感を持って決まっていく現実を受け止めているのは、元々蒼士への気持ちがあるからだ。

でも彼は彩乃に対して特別な感情はない。

彩乃との結婚に迷わなかったのは、警察庁次官の娘だからで、ふたりの熱量はまるで違う。

だから、とても気を遣ってしまう。

彼に失望されたくない。そしていつか、ひとりの女性として好きになってもらえたら。

（はあ……でも、なかなかうまくいかないな）

気が利いた言葉ひとつ言えない自分に、がっかりしてしまう。

そんな彩乃と違い、蒼士の方はなんの気負いもなくコーヒーカップを手に、窓の外を眺めている。

スタイルがよく端整な顔立ちの彼がそうしていると、まるでドラマのワンシーンのように、際立って美しい。

（蒼士さんってやっぱりカッコいいな……）

法律事務所に就職して、この三年で多くの人との出会いがあったけれど、彼ほど素敵な人に出会ったことは一度もない。

何よりも困っている人を放っておけない面倒見のよさと責任感。そして落ち込んでいたときに寄り添ってくれた優しさにどれだけ助けられたか……。

そんな男性が自分と結婚してくれるなんて、未だに夢を見ているのかと錯覚《さっかく》するような瞬間がある。

じっと見つめていると、視線を感じたのか蒼士が彩乃に視線を向けた。

「どうした？」

美しい双眸《そうぼう》で見つめられ、気恥ずかしくなる。

「な、なんでもないです」

（蒼士さんに見惚れてました、なんて言えない！）

「そうだ。これからは彩乃と呼んでもいいか？」

「え？　……あ、もちろん大丈夫です」

「もう俺の奥さんだからな」

「あ……そうですよね」

彩乃の心臓がドクンと跳ねる。

改めて彼の妻になったのだと実感する。呼び方ひとつ変わっただけなのに彼との距離がぐっと近づいた気がした。

「彩乃も蒼士と呼んでいいからな」

「ありがとうございます。でも私は蒼士さんの方が呼びやすくて」

「まあ七歳も年上だからな。分かった、彩乃の好きに呼んでくれ。でも敬語はなくすようにしてくれよ。俺たちは夫婦で対等なんだからな」

蒼士の眼差しは柔らかくて、彼が彩乃に歩み寄ってくれようとしている想いを感じるものだ。

「少しずつ慣れていくようにしますね」

「慣れるようにするね、がいいかな」

「あ、はい。慣れるようにするね」

蒼士が満足したように、微笑んだ。

「お待たせいたしました」

スタッフがやって来て、湯気を立てるリゾットをそれぞれの前に置いた。

「いただきます……美味しい！」

無難に決めたトマトとチーズのリゾットだが、期待していたよりもずっと美味だ。

「このカフェいいですね。家から近いしお気に入りになりそう」

早速好みのカフェが見つかって嬉しくなる。

「確かに見栄えも味もかなりのものだな。初めて入ったが、これからはときどき来るのもいいかもしれない」

「蒼士さんも初めてなんですか？」

「自宅の近くで外食するとしてもカフェは選ばないからな。大抵職場の近くで済ますか、適当にテイクアウトしている」

「自炊はしないって言ってましたものね。調理器具も全然揃《そろ》ってなかったし」

だから彩乃は基本的な調理器具を一から揃え、引っ越しをしてすぐに調理が可能なように事前にキッチンに仕舞っておいた。

「ああ。だから彩乃の手料理が楽しみだ」

蒼士の言葉に、彩乃は張り切って頷いた。

実家には通いの家事使用人が居たから、彩乃がキッチンに立つ機会は滅多になかった。

母の勧めで料理教室に通ったことはあるけれど、実践が足りていない。

だから自信があるとは言えないけれど、蒼士のために頑張って美味しいと思ってもらえる料理が作りたい。

「頑張りますね。でもまだ蒼士さんの好みが分からないから、何が好きか教えてください」

「そうだな……このリゾットは好みの味だ」

蒼士が頼んだのは牛すじ肉のリゾットだ。

「味見してみるか？」

「はい、是非」

そう答えると、蒼士が彩乃のスプーンを手に取り、牛すじリゾットをひと匙《さじ》掬《すく》う。

そのまま彩乃の口の前に差し出した。

「あーん」と言われた気がして、つい口を開けてしまう。

蒼士が僅かに目を見開く。

（うそ、私の勘違いだった？　そうだよね、彼がそんなことする訳ない）

しまったと思ったけれど、彼はクスクスしながら彩乃の口にスプーンを運ぶ。

（ほ、本当に蒼士さんに食べさせてもらっちゃった）

ドキドキして味を覚えるのを忘れてしまった。それを見越したのか、蒼士が「もう一口な」とお代わりをくれる。

（ものすごく、気を遣わせちゃってる）

テーブルの横を通り過ぎたスタッフが、ちらりとこちらを見た気がした。

（うう、恥ずかしい……）

頭の中ではプチパニック中だ。でもそれ以上に嬉しくて、素直に口を開いてしまう。

同居して初めてのランチは、ドキドキし過ぎて心臓に悪いものになったのだった。

三章　予定外のプロポーズ　蒼士ｓｉｄｅ

「北条君、見合いをしてみないか？」

九月中旬。上官の佐藤と、警視庁近くの定食屋で昼食を取っている最中のことだった。

まるで飲みに行かないか？とでもいうような、なんの前置きもない軽い言葉。

しかし内容は軽く流せるものではないものだ。

蒼士は溜息を吐きたくなる気持ちをぐっと抑えた。

テーブル越しに向き合い座る佐藤は、現在蒼士が所属している警視庁捜査二課トップの課長だ。階級は警視正で、蒼士と同じキャリアである。

今年四十歳になるが、柔和な顔立ちと、細身の体型のせいで、実年齢よりも若く見られることが多い。

性格は驕《おご》ったところがなく穏やかで気さくと申し分がなく、同僚からも部下からも慕われている。仕事の後に何人か連れて飲みに行くことも度々あるようだ。

しかし彼が、部下に結婚を斡旋するなんて話はこれまでに一度も聞いたことがない。

ということは、彼の更に上からの話の可能性がある。

「今のところ結婚するつもりはありませんが、簡単に断るのは難しい話だということですね？」

佐藤が真顔で頷いた。

「当然だ。驚くなよ？　お相手は滝川次長のご令嬢だ」

佐藤が周りに聞こえないように、声を潜めて言う。

それでもしっかりと耳に届き、蒼士は思わず目を見開いた。

滝川次長と言えば、警察庁のナンバー2、次期警察庁長官の最有力候補であり蒼士にとっては雲の上の存在だ。

国家公務員総合職試験を通過したキャリアの中でも、そこまで上り詰めることができるのは、ほんの一握りの狭き門だが、その椅子に座れば警察組織に於いて絶大な権力を握ることになる。

そんな権力者の令嬢との結婚は、将来のポストに確実に影響する。

我こそは婿にと手を挙げるものは多いだろう。それなのに。

「……どうして俺が？」

滝川次長と直接関わったことは一度もない。

蒼士も年に十数人しか入庁しないキャリアではあるが、昨年までフランスの日本国大使館に出向していて、雲の上の存在の目に留まる機会はなかったので、個人的に目をかけられた可能性もない。

「実は以前、北条君の話を上層部にしたことがあるんだ。正義感が強く飛びぬけて優秀な部下がいると言った。そこから滝川次長の耳に入って調査されたんだろうね。僕を通して話が来たのもきっとそのせいだ」

「俺がなんて言われているかは、伝えていないんですか?」

かつて仲間を告発したことがある蒼士は、組織内でも煙たがられている存在だ。

正しいことをしたというよりも、仲間を売ったという印象の方が強く冷酷非道《れいこくひどう》な人間だと思われている。

酷い誤解だが、仕方がないとも思い反論していない。

いくら訴えたところで、直接関わった人間でなければ、蒼士の人柄など分かるはずがないのだから。

「僕からネガティブなことは言ってないよ。でも娘の縁談なんだから別ルートで調べているだろう。そのうえで選ばれたんだから断るなんて馬鹿なことは言ったら駄目だよ。この縁談は北条君にとって絶対にプラスになるから」

「ええ、分かっています」

全く気が乗らないし、納得がいっていないが、無下《むげ》にはできない。

どうしても嫌だと言えばなかったことにできるだろうが、間に入ってくれている佐藤もかなり気まずい思いをするだろう。ただでさえ目立っているのに、これ以上同僚と波風を立てたくない。

見合いを断るとしても、自分の口で伝えた方が後腐れがないだろう。

「それじゃあ話を進めてもらうよ」

「はい」

蒼士よりも佐藤が喜び張り切っているように見える。

恐らくこの様子では、驚くほどのスピードで話が進んでいきそうだ。

(相手から断ってくれたら楽なんだけどな)

蒼士はまだ結婚する気はない。

フランスから帰国後、警視庁捜査二課に出向になって以降、ある大手通信会社の横領疑惑について捜査の指揮を執っており、それだけで手一杯なのだ。

大物政治家が関わっている可能性もあり、慎重に確実な証拠を探しているところだ。

大事な時期で今は仕事に集中したいというのに。

（お嬢様との縁談か……）

プライドを傷つけないように断るのは、骨が折れそうだが、長引かせないように断らなくては。

佐藤に気付かれないように、溜息を吐いた。

蒼士の思いとは裏腹に、見合い話は順調に進んでいった。

佐藤から打診された翌日には、滝川次長から連絡が入り、彼と昼食を共にすることになった。

えらく価格が高い蕎麦屋で、邪魔が入らないように個室が用意されていた。

最終面談のようなものだろう。

「北条君よく来てくれたね。今日は君と話したくて来てもらったんだ。プライベートの場だから楽にしてくれ」

そう言われても、キャリアでも簡単にはお目にかかれない次長の前では、さすがに緊張が隠せない。

「北条君は大使館に出向していたんだね。向こうはどうだった？」

「想像していた以上に治安の悪化が進んでいました。日本での経験を生かすのが難しく、現地に合わせた警備計画を立てるのは……」

固い会話がしばらく続く。

初めはかなり気を張っていたが、途中で見合いを回避するには、下手に彼に気に入られない方がいいのだと気が付いた。

「佐藤課長から聞いたと思うが、娘の結婚相手には北条君がいいのではないかと考えているんだ。君はどう思うかね？　あまり乗り気にも見えないが私の娘では不満かね？」

本題に入った。滝川次長の威圧感に流されてはいけない。

「私はお嬢様の人となりを知りませんから、そのご質問には答えられません。ですが今は家庭を築くよりも仕事に集中したいと思っています。お嬢様の縁談相手に私が相応しいとは思いません」

「なるほど、噂通り嘘がつけない正直な男だな、度胸もある」

「いえ、必要な嘘はあると考えています」

蒼士はすぐさま否定した。自分はそんな清廉潔白《せいれんけっぱく》な人間ではない。

「警察官なら駆け引きするのは当然だが、私にその返事をするのは面白い」

それからは礼節を守りながらも、遠慮なく自分の考えを述べた。滝川次長から見たら生意気な態度に映っただろう。

我ながら怖いもの知らずだとは思ったが、これで縁談はキャンセルに違いない。

そう思っていたのに数日後に、見合いの日程が決定した連絡が入った。

一度会って判断して欲しい。その結果断るのは自由だし、蒼士に不利益がないように約束するのこと。

失格どころか、なぜか滝川次長に気に入られてしまったようだ。

翌日には令嬢の身上書が手元に届いた。

自宅に帰った蒼士は、浮かない気持ちで身上書を手に取った。

気は進まないが見るしかない。

ところが、そこに記されていた令嬢の名前を見た瞬間、蒼士の気持ちはがらりと百八十度変化した。

「……滝川彩乃？」

思わず声に出した名前は、蒼士が知っている女性のものだ。

三年前に、蒼士の沈んでいた心を励ましてくれた、忘れ難い人。

写真を確認すると、記憶の中の彼女がそこに居た。

少し大人びた気がするけれど、優しさが浮かぶ丸い目と、可愛らしい小さな口と、少し下がり気味の眉の愛らしい顔はあのときのままだった。

（まさか……こんな偶然ってあるのか？）

いつか再会したいと願っていた彼女が、自分の見合い相手になるなんて。

蒼士にしては珍しいくらい動揺している。

身上書に目を走らせ、彩乃の経歴を確認した。

代々警察官僚を輩出することで有名な滝川家の長女。父親は現警察庁次長。

母親は一流企業の元社長令嬢。

彼女自身は私立の名門女子校から大学まで進み、国内でもトップクラスの法律事務所に就職。趣味は楽器演奏と舞台鑑賞……まさに絵に描いたようなお嬢様だ。

「それなのに、パリにひとり旅って……滝川次長もよく許したな」

初めて会ったとき、現地の子供の面倒を見ようとしてまんまとスリに遭いそうだった姿を思い出し、蒼士は頬を緩めた。

彼女は素直で少しも驕ったところがなく、世間知らずで危なっかしいけれど赤の他人にすら優しくて、心が深く傷ついても前を向いて立ち直る強さを持った人だった。

身上書から受けるイメージとはまるで違う、素の彼女を蒼士はもう知っている。

懐かしさと、優しい気持ちが胸の奥からこみ上げた。

「彼女も今頃俺の身上書を見て驚いているのかもな」

あの愛らしい丸い目を、更に丸くしているかもしれない。けれど。

(彼女はパリでの出来事を、父親に話していないのか?)

もし彩乃が話して蒼士の名前を伝えていたとしたら、滝川次長は面談のときにその件に触れただろう。三年前のことだが、滝川次長なら名前から蒼士の身元を調べるのは簡単だし、調査しなかったとしても名前を忘れはしないはずだ。

しかし何も言わなかったし、試している気配もなかったのは、彩乃から何も聞いていない証拠だ。

娘に無関心だとは到底思えない。彩乃本人が両親に大切に育ててもらったと言っていたし、行動にも表れている。

あのとき、暴動が起こる前に彩乃は予定を早めて帰国していた。急遽帰国したと聞いたときは巻き込まれずに済んで運がよかったと思ったが、今思えば滝川次長が娘を心配して帰国を促したのだろう。

(パリでの出来事を両親に話さなかったのは、心配させたくなかったからだろうな。だとしたら、見合いの席では初対面のふりをした方がよさそうだ)

蒼士は彼女の生まれについて聞いてしまっている。もし滝川次長が知ったら気を悪くし、彩乃が気まずい思いをするかもしれない。

そんなことを考えていた蒼士は、手のひらを返したように見合いに乗り気になっている自分に気が付き苦笑いになった。

ただ彩乃はどう思っているのだろう。

彼女は蒼士よりも七歳も年下だから、まだ結婚は考えていないような気がする。

親に言われて仕方なく来るのか……いや、彼女のことだから蒼士との再会を楽しみにしてくれているかもしれない。

蒼士を結婚相手として考えているかは分からないが。

元々上手く断るつもりでいたが、彩乃が相手となった以上、滝川次長経由ではなく本人と直接話がしたい。

いろいろ考えなくてはならないことはあるが、蒼士は彩乃との再会を自然と心待ちにしていた。


見合い当日。再会した彩乃は華やかな着物姿だった。

綺麗な二重の丸い目に、アーチ形の眉毛。鼻も口も小作りだから目の印象が強い。

思わず触れたくなるような滑らかな肌は日焼けを知らないかのように白い。品があり見るからに清楚な令嬢だが、ほっそりした首からのラインに密かな色気がある。

写真を見たときは以前とあまり変わっていないと感じたが、実際見ると記憶よりも大人びて美しくなっていて、気付けば見惚れてしまっていた。

彩乃は蒼士の顔を見た途端に嬉しそうに顔をほころばせた。再会を喜んでいる様子が見て取れたが、上司ふたりがいる前では、懐かしむ訳にはいかず平静を装う。

彩乃とようやくふたりきりになれたのは、それからしばらくたってから。

彼女が言うには、やはりパリでの出来事は心配させたくなくて家族に話していないとのことだった。

おっとりしていて、しかしころころと表情が変わる素直なところは、以前と変わらなくて、懐かしさがこみ上げる。

いろいろ話したいことがある。彼女の近況も聞いてみたい。けれどまずは彩乃が結婚についてどう考えているかを確認しようと質問した。

『やっぱり、両親に安心してもらいたくて……』

予想はしていた答えだった。

結婚を決意したのは相手が蒼士だからではなく、信頼する父親が薦めるから。

分かっていたはずなのに、落胆した。

それでも彼女が結婚を望んでいるのならその相手は他の誰にも譲りたくないという気持ちがこみ上げた。

「それなら俺と結婚して欲しい」

蒼士は彩乃にプロポーズの言葉を伝えていた。今日具体的な話をするつもりなどなかったというのに、再会した彼女を前にしていたらそう言わずにいられなかったのだ。

あの日、蒼士を慰めて心を楽にしてくれた彼女となら、この先の人生を助け合いながら生きていけると思う。

それでも性急過ぎたかと心配になった。

彩乃のような育ちがよくて性格が温厚な女性なら、縁談相手などいくらでもいるだろう。

蒼士よりも若く彩乃と話が合いそうな後輩の顔が何人か思い浮かぶ。そうでなくても、美しいだけでなく朗らかで優しい彩乃なら、世の中の男は放っておかない。

しかし彩乃は恥ずかしそうにしながら受け入れてくれた。

むしろ「私で大丈夫ですか？」などと自分は蒼士に釣り合わないと思っているようなことまで言う。

「北条さんは優秀な警察官僚だと聞いています。私よりもずっといい人と出会うチャンスは沢山ありそうだから」

「ずいぶん謙虚なことを言うんだな。次期警察庁長官令嬢との縁談なんて、誰もが羨むようなものなのに」

本心からの発言だったが、彩乃はがっかりしたように俯《うつむ》いてしまった。言葉選びを間違ってしまったようだ。

（もしかして父親の権力目当てのように聞こえたのか？）

そうじゃない。彩乃自身に価値があるのだ。

蒼士はすぐに誤解を解こうと口を開こうとした。けれどそのとき遠くから誰かが近づく気配がした。

（滝川次長たちが戻ってきそうだな）

見合い相手とはいえ、愛娘を長時間男とふたりにしておくのは心配なようだ。彼らが来るまでに自分の意思をはっきり伝えておかなくては。

「俺も君との縁談を進めたいと思ってる」

「……はい」

蒼士の言葉は端的で飾り気のないものだった。それでも彩乃は照れた様子で受けいれてくれた。

「うまくいったようでよかったな」

滝川次長と彩乃を見送り、ほっと息を吐くと佐藤が蒼士の肩をポンと叩いて言った。

「はい」

蒼士は冷静に相槌を打った。

彩乃との結婚が決まり胸中は舞い上がっているが、上官の前でそんな顔を見せる訳にはいかない。

「佐藤課長のおかげでよいご縁をいただきました。感謝します」

「いや、彩乃さんを射止めたのは、北条君の実力だよ。彼女、君を見た瞬間すごく嬉しそうな顔をしていたからね。もしかしてひと目惚れだったのかもしれないな」

「それは、どうでしょうか……」

肯定はできないが、謙遜し過ぎるのもよくないので、曖昧に誤魔化すしかない。

佐藤は上機嫌に見合いの席での話を続けていたが、突然笑みを消して蒼士を見つめた。

「確認していなかったが、築地署《つきじ》の南君《みなみ》とは、特別な関係じゃないんだよな？」

深刻そうな佐藤の様子に、蒼士は戸惑い眉を顰める。

「どういう意味ですか？」

「プライベートについてはあまり言いたくないんだが、南君と親しくしているだろ？　ふたりでいるところを何度か見かけたから」

「彼女は同期で気安い関係ですが、プライベートでの付き合いは一切ありません」

蒼士はすぐさまはっきり否定した。

「それならいいんだ。北条君が不誠実な行為をするとは思っていないが、滝川次長に君を推薦した手前、ほんの僅かな憂いも晴らしておかなくてはならないからね。念のため確認させてもらったんだ。気分を悪くさせてしまったのなら申し訳ない」

「いえ。佐藤課長の立場は理解しています」

蒼士に問題があり破談になったら、佐藤も滝川次長に合わせる顔がなくなるだろうから、必要以上に心配しても不思議はない。

佐藤はほっとしたように表情を和らげた。


その後すぐに婚姻届を提出して、彩乃と夫婦になり蒼士のマンションで暮らしはじめた。

大学入学時に実家を出てからひとり暮らしをしているから、誰かと一緒に暮らすということに多少の不安はあった。自分が人に合わせることができるのかと。

けれど、彩乃は一緒に居ると楽しく安らぎを感じる。

初めて会ったときに波長が合うと感じたが、その勘は間違っていなかったようだ。

彩乃が新しい家に慣れるまで、蒼士はなるべく家に居られるように努力し、少なくとも夕食は必ず一緒に取るようにした。

早く帰宅した日などは、それまで飲み物を取るくらいしか立ち寄らなかったキッチンに、彩乃と並んで立つようになった。

髪をお団子にしてモスグリーンのエプロンを着けた彩乃は料理をしているときも上品にみえる。

いつも真っ直ぐ背筋を伸ばす彼女は、立ち振る舞いが美しい人だ。

そんな彼女が、せっせとジャガイモの皮を剥《む》きながら蒼士の手元を見て感心したように言う。

「蒼士さん、意外と手慣れた感じですね」

「フランスに居た頃、必要に迫られてときどき自炊していたんだ。帰国したら手ごろで美味いものがいくらでもあるから、キッチンに近づかなくなったが」

「そうなんですね。たしかに牛丼とかは家で作るよりも安くて美味しいですもんね」

意外と庶民的なことを言う彩乃に、吹き出しそうになった。

「彩乃もなかなか手際がいいな」

「料理教室で習ったので。でも実は家では初めてつくるから、少し心配かも」

「……まあ、なんとかなるさ」

それからふたりで、楽しみながら料理を続けた。

出来上がった料理は正直に言うと微妙で、同じように複雑そうな顔をしていた彩乃と「失敗したね」と笑い合い、いまいちのはずの料理を気付けばふたりで完食していた。

そんな平和な日常が、意外に楽しいと蒼士は幸福を感じるのだった。


「彩乃さんの引っ越しは無事に終わったのか？」

会議室に向かっていると、後ろから佐藤が追いかけてきて隣に並んだ。

「佐藤課長。ええ、問題ないですよ」

蒼士は表情を変えずに答える。

「そうか。上手くいってよかったな。これで将来は安泰《あんたい》だ。北条を紹介した甲斐《かい》があった」

「ありがとうございます」

得意満面の佐藤に、蒼士はつくり笑いで答えるが、内心では溜息を吐いていた。

彩乃と結婚したのは出世欲とは関係がないのに、周囲はそう受け止めていない。

仕方ないこととはいえ、煩《わずら》わしい。

「俺の同期は議員令嬢と結婚したんだ。そいつとはやっぱり出世の面では差がつけられていると感じるよ。俺も強力なコネがあるお嬢様とお見合いをすればよかったな」

佐藤の口ぶりは冗談めいていて軽口だと分かるが、蒼士はざらっとした不快感を覚えた。

佐藤の笑顔の下には、何かドロドロしたものが潜んでいるような、彼の本音は別にあるのではないか、そんな気がするのだ。

（いや、考え過ぎだ。佐藤課長はそんな人じゃない）

蒼士や同期を羨むようなことを言っているが、佐藤自身も捜査二課の課長に就き順調に昇進していると言える。

キャリアには昇進試験はなく、時期が来ればほぼ横並びで階級が上がる。差がつくのはどのようなポストに就いてきたかになるが、佐藤の経歴は不満を言うようなものではない。

同僚からの信頼も厚いし、人を羨む必要などない人だ。

「……佐藤課長の奥さんは元警察官でしたよね」

とても仲がよい夫婦だと聞いたことがある。

「ああ。三十になったばかりの頃に居た地方の警察署で出会ったんだ。結婚後は家庭に入っているが、仕事に理解があるから助かってるよ」

佐藤は朗《ほが》らかな笑顔を見せる。

やはり自分の勘違いだと、蒼士はほっとした気持ちになった。

会議室には既に捜査員たちが集まっていた。

この捜査会議の責任者である佐藤が、全員を見渡せる上座に座った。

蒼士は管理官として、佐藤の下についており、この捜査本部ではナンバー2になる。

現在捜査しているのは、携帯電話をはじめとする通信機器販売に於《お》いて国内で最大規模を誇る、『テレサ通信《つうしん》』理事、三枝《さえぐさ》の横領《おうりょう》疑惑だ。

テレサ通信の社員からの密告を端緒として捜査が始まった事件は、三枝本人の取り調べをして、八千万円を横領したとの自白が取れている。

しかし三枝の口座の履歴を照会すると、明らかにそれ以上の金額の入出金があった。

被疑者が取り調べで嘘をつくのは決して珍しくはなく、むしろよくあることだから驚きはしなかった。

次にテレサの経理データを確認した。すると三年ほど前から、不自然な支払いが散見された。

一つひとつは大きな金額ではないが、テレサと取引をしているとは考え辛い会社に振り込みをしていた。しかも調べるとどの会社も実態がない。つまり、多数の口座を取りまとめた後、足がつかないよう海外に資金を移した可能性がある。

問題は移した資金の使い道だ。

三枝は自白よりも遥かに高額な金額を会社から不当に得ているのは間違いないと考えられるが、それでも到底金額が合わない。

三枝は横領後に出所を隠した金を、自分で使う以外にもどこかに流している。いわゆる賄賂《わいろ》を行なっていると見て間違いないのだ。

それはいったい、誰に対してなのか。

知能犯捜査のプロである二課の刑事の捜査をもってしてもなかなか尻尾《しっぽ》が掴めない。

そんな中蒼士は、三枝と衆議院議員、内島和久《うちじまかずひさ》元総務大臣の関係に疑問を持ち、直属の部下である新藤《しんどう》をはじめとした捜査員に密かに探らせていた。

会議が始まると蒼士は、椅子から立ち上がり着席している部下達を見回してから口を開いた。

「テレサ通信理事三枝と、代議士内島和久に接点が見つかった。内島は電気通信法が改正された三年前に総務大臣を務めており、法改正に係る会議メンバーの選定に強い影響力を持っていたから、三枝が賄賂を渡す理由が充分にある。そこで内島の周囲を探ることにした」

この情報を捜査会議で報告するのは今日が初めてなため、室内がどよめいた。

隣に座る佐藤も、呆気にとられたような目で蒼士を見つめている。

「新藤係長、報告を」

蒼士の鋭い声に、新藤がすかさず立ち上がった。彼は蒼士よりも三歳年下の二十九歳。小柄で童顔で一見頼りなく見えるが、体力も根性もそこらへんの男では太刀打ちできない強さがある。先日警部に昇進し、ますますやる気を漲らせている。

「五カ月前に、三枝と内島議員の私設秘書の奈良野《ならの》が、銀座の高級レストランで会っていた確認が取れました。レストランのスタッフによると、ふたりが同時に来店したのは、その日が初めて。かなり時間が経っているのに記憶していたのは、三枝が激高して怒鳴り声を上げるなど目立つ行動をしていたからとのこと。激高した原因は不明です」

蒼士は頷き口を開く。

「三枝と奈良野の間に、個人的な接点は？」

「今のところ認められません」

蒼士は佐藤に視線を移した。

「奈良野から話を聞きましょう」

「だが……任意の事情聴取では内島議員が拒否する可能性が高い。かと言って令状を取るのは無理だ」

佐藤の顔色は悪かった。予想していた以上の大物が登場したからだろう。

場合によっては圧力がかかることを覚悟しなくてはならない。自分が責任者の捜査では避けたくなるようなプレッシャーがかかる事態だ。佐藤の反応は理解できる。

それでも怖気づく訳にはいかない。これは捜査二課の責務なのだから。

「そもそもなぜ内島議員が関係していると考えたんだ？　これまでの捜査で彼の名前は上がっていなかっただろう？」

たしかに佐藤が言う通り、これまでの捜査結果に、内島議員はかすりもしていなかった。けれど。

「私がフランスに飛ぶ前、刑事局長のお供でとある大物政治家の屋敷に新年の挨拶に伺ったんです。そこで内島議員と女性が会話をしているところを見かけました」

「それが……今回の件とどう関係するんだ？」

「その女性は三枝の元秘書です。五年以上前に退職しており捜査線上に上がっていなかったため気付くのが遅れましたが、三枝と内島議員の接点と言えるでしょう」

捜査が行き詰まり、全ての資料を見直しているときに女性秘書の写真を見つけ記憶が一気に蘇ったのだ。新年を迎え賑わう中、深刻な表情で話すふたりが異端に映ったことを。

「そんな些末《さまつ》なことで疑うのか？」

「ほんの僅かな違和感にも大きな意味がある。以前佐藤さんが言った言葉ですよ」

「……分かった。内島議員の秘書の奈良野を取り調べられるよう根回しをしよう」

「よろしくお願いします」

その後、他の捜査員の報告を受け、今後の方針を決定してから会議は終了した。

二日後。佐藤の調整により、テレサ通信とは関係のない理由で、奈良野に取り調べをすることが決定した。

ただ先日から臨時国会が開催され多忙なため、蒼士と新藤が議員会館に出向くことになっている。

本部を出て国会議事堂方面に向かう。

「思ったより早く許可が下りてよかったです。正直内島議員は抵抗すると思っていました」

新藤はよかったと言いながらも浮かない顔だ。

「どうした？」

「……実は嫌な予感がするんですよ」

蒼士は、思わず眉を顰める。

「気が合うな。俺もだ」

「まじっすか」

新藤はショックを受けたように目を見開くと、ますます深刻そうに眉間にしわを寄せる。

残念だがこういう時の勘はとくによく当たる。ふたり共それを分かっているから、焦りを感じ、自然と足早になりながら議員会館を目指す。

辿り着いた内島事務所で待っていたのは、目当ての秘書ではなく、内島の公設秘書を名乗る男性だった。年齢は五十代半ば。シルバーフレームの眼鏡をかけており神経質そうな印象だ。

苛立《いらだ》ちを隠し切れない表情の男性は、蒼士と新藤に早口に告げる。

「奈良野ですが、本日休みを取っております」

「休み？　今日、訪問する約束をしていたんですが」

新藤がさっと顔色を変えて、男性に詰め寄る。男性は迷惑そうに顔を歪め、眼鏡のフレームをくいと上げる。

「では自宅を訪ねてはいかがでしょう？　警察なら住所はご存じでしょうから」

「奈良野さんの休みの理由は聞いていますか？」

不機嫌な男性に、蒼士が尋ねた。

「いいえ。無断欠勤なので。おかげでこっちはてんてこ舞いですよ」

「無断欠席？」

蒼士は新藤と目を合わせた。

「彼はこれまでも無断欠勤をしたことがありますか？」

「まさか、そんなことをしたらクビですよ」

「分かりました。自宅を訪ねてみます。お手数をおかけしました」

蒼士の言葉に、男性はようやく解放されたとでも言うようにほっとした様子を見せた。

「いえ、では私はこれで」

男性が足早に去っていくのを見送ってから、蒼士は新藤と共に奈良野の自宅に急行した。

事前に調べている情報によると、奈良野は田端《たばた》の賃貸マンションでひとり暮らしをしている。

「このタイミングで無断欠勤って、まずいですね」

「ああ」

（奈良野は自宅にもいないかもしれない）

新藤も蒼士と同じことを考えているのだろう。

そしてその予感は的中し、奈良野の自宅は空だった。

彼は忽然と姿を消してしまったのだった。

四章　デートのち別居

　秋が深まりはじめた十月下旬。蒼士と暮らしはじめてそろそろ一カ月になろうとしていた。

　ふたりの関係は良好で問題なく生活している。

　ひとつだけ悩みがあるとすれば、彼との関係は夫婦というよりもルームメイトのような感じで、これからも変化していきそうな気配が少しもないことだ。当然のように夫婦としてのスキンシップは一切ない。

　蒼士が結婚相手に彩乃を選んだのは、警察組織内で高い地位に就く父の娘だからで、恋愛感情がある訳ではないと初めから分かっていた。

　それでも一緒に暮らしていたら、彼の気持ちが変わるかもしれないと彩乃は淡い期待を抱いていたのだけれど、現実はそう簡単にはいかない。

（焦っても仕方ないって分かっているけど……）

　彩乃は蒼士への気持ちが日々大きくなるのを感じている。

　一緒に食事をしたり一日にあったことを話したり、ふたりで過ごす時間が増えるにつれて、彼への思いが募っていく。

だから、ふたりの気持ちに温度差がある事実にがっかりするし、早く両想いになれたらいいのにと焦ってしまう。

（どうすれば、好きになってもらえるのかな……）

やはり一緒に過ごす時間を増やすのが一番だと思うが、最近は蒼士の仕事が忙しく、同居していると言っても、あまり顔を合わすタイミングがない。

彩乃が引っ越して来たばかりの頃は、彼の帰宅が早く一緒に料理をして仲良く過ごしていたけれど、今思うと無理をして帰ってきてくれていたのだと思う。

（新しい家に慣れていない私を気遣ってくれたんだろうな……）

そういう優しさのある人なのだ。

（だから好きなんだけど……）

彼のおかげで、新しい家に馴染むことができた。もうすっかり自分の家として寛いでいる。

けれど広い家にひとりで居るのはとても寂しいものだ。

シャワーを浴びて汗を流した彩乃は、冷蔵庫からアイスを取り出してからリビングのソファに腰を下ろした。

最近気に入っている、プリン味のモナカで、毎晩のように食べている。

「とくにお風呂上りに食べるのがいいんだよね」

独り言を言いながら、早速袋を開けてぱくりと一口食べたとき、玄関の方で物音がした。

（え？　蒼士さん？）

時刻は午後九時過ぎ。深夜帰宅が続いている蒼士が帰ってくるには早過ぎる時間だ。

リビングの扉が開き、蒼士が入って来た。

彼はモナカ片手に驚いた顔をしている彩乃に気付くと、一瞬の間の後、破顔した。

「ほっぺが膨らんでるぞ？」

指摘されて、彩乃は顔が赤くなるのを感じながら、口の中のモナカを急ぎ噛んで飲み込んだ。

「……ちょっとびっくりして想像以上に大きな一口になっちゃいました」

「なんだよ、それ。彩乃は相変わらず抜けたところがあるな」

蒼士はそう言いながら近づき、彩乃の手元に注目する。

「何を食べてるんだ？」

「プリン味のモナカなんです。蒼士さんも食べてみますか？」

「プリン？　……美味いのか？」

蒼士が怪訝そうな顔をする。気が進まなそうな表情だ。

「はい。すごく美味しくて今一番のお気に入りです」

「彩乃がそうまで言うならひと欠片《かけら》貰おうかな」

彩乃はすぐにモナカの端を割り、蒼士に渡そうとした。

ところが彼は戸惑いの表情を浮かべ、手は出してこない。

どうしたのかと彩乃は首を傾げたが、次の瞬間にいつか蒼士にリゾットを食べさせてもらったことを思い出した。

（あ、蒼士さんも口に入れてくれるのを待ってるのかな？）

「蒼士さん、はいどうぞ」

ドキドキしながら男らしい口元にモナカを持っていくと、彼は形のよい目を丸くした。

「え？　……あ、悪いな」

そう言って控え目に口を開いたので、そのまま口に運んであげる。

自然と距離が近づくから彼の整った顔がすぐ近くにあって、彩乃の心臓はますます乱れてしまう。

（緊張して手が震えちゃいそう。蒼士さんは平然としてるけど）

「どうですか？」

食べ終えた蒼士が、目を細めた。つい見とれてしまう魅力的な微笑みだ。

「まさか彩乃が食べさせてくれるとは思わなかった」

「え？　だって蒼士さんが受け取らなかったから……そういう意味で待ってたんじゃないんですか？」

「いや、手が塞がっていただけ」

言われてみると、確かに彼の右手はビジネスバッグを掴み、左手には白いビニール袋を提げていた。

「え……ということは、私の勘違い？」

「そうみたいだな」

くすりと笑いながら言われて、彩乃は今すぐ逃げ出したい気持ちに駆られた。

（私ってばなんて勘違いを……）

いつもしっかりしている彼が甘えてくれたのかもしれないと嬉しくて、ギャップにドキドキして調子に乗ってしまった。

エリート警察官僚を、子供扱いするなんて。

焦る彩乃を蒼士は面白そうに眺めている。

「ごめんなさい」

「いや、嬉しかったよ。まさか彩乃が食べさせてくれるとは思わなかったけど、そのおかげか、すごく美味しい」

「そ、そうですか……」

蒼士の言葉に、彩乃の心臓がどくんと跳ねる。

「これ駅前で買ってきたんだ。半分ずつ食べないか？」

蒼士が白いビニール袋を持ち上げてみせた。

「え？　あ、たこやきだ」

「そう。久し振りに食べたくなって」

「私も久しぶりです。お皿に移しますね。あ、蒼士さん夕ご飯は？」

まだだったらたこ焼きだけでは足りなそうだ。

「済ませてある。これは夜食だ」

「分かりました。それじゃあお茶だけ持ってこよう」

彩乃はキッチンに行き、手早く準備を整えてリビングに戻った。

勘違いをして恥ずかしい思いはしたけれど、久しぶりの蒼士との時間に気持ちが舞い上がっている。

テーブルに皿とコップを並べていると、スーツから着替えた蒼士がやって来た。

「食べようか」

「はい！」

おしゃべりをしながら、たこ焼きをつまむ。

「髪を切ったんだな」

蒼士が彩乃をじっと見つめながら言った。

「そうなんです、気分転換したくて。気付いてもらえてよかった」

彩乃が頷くと、蒼士が優しく微笑む。

「帰ってきてすぐに気が付いたが、彩乃が頬を膨らませている方が気になって言いそびれた」

「そ、それは忘れてください」

「いや、それは無理だな」

「そんなぁ……」

年下だから仕方ないけれど、蒼士に子供扱いされてしまう。

（こんなことじゃ、いつまで経っても進展しなそう）

「短い髪も似合うな。ふわふわした感じが彩乃によく似合う」

「え……」

内心凹んでいたところに、突然褒められて彩乃はぽかんとしてしまう。

「可愛いよ」

彼の端正な顔に、笑みが広がり、彩乃の胸はときめいた。

照れてしまって顔を伏せると、肩の上でくるんとカールをしてある艶やかなブラウンの髪がふわりと弾んだ。

（蒼士さんに褒められちゃった！　ヘアサロンに行ってよかったな）

彼との会話は楽しく、時間を忘れてしまう。

彼も彩乃との時間を楽しんでくれているようで盛り上がり、途中で赤ワインを開けて乾杯した。

「たこ焼きとワインって意外と合うかも」

普段あまりお酒を飲まない彩乃でも、飲みやすく感じてするする喉を通っていく。

「そうだな。でも彩乃は弱いからほどほどにしないとな」

「ええ？　そんなことないのに」

もっと蒼士と同じお酒を楽しみたいのにと、不満そうに唇を尖らせると、蒼士が優しく笑う。

「もう顔が赤くなってるのに？」

彩乃は思わず自分の頬を手で押さえる。彼が指摘した通りほんのり熱を持っていた。

たしかに少し前からふわふわした気分で、心臓もドキドキして落ち着かない。

（でもそれはお酒じゃなくて、蒼士さんと過ごしてるから）

久々の彼との時間が嬉しくて、舞い上がっているのだ。

彼の彩乃に対する気持ちが、恋愛感情ではなく、ただの情だったとしても、それでも側にいたい。

自分なりに頑張っているつもりだけれど、蒼士に届いているのだろうか。

俯きかけたそのとき、蒼士が戸惑ったような声を出す。

「どうかしたのか？」

「え？」

「悲しそうな顔をしている」

彼がとても心配そうに彩乃の顔を覗き込む。

「少し寂しくなっただけです」

「ホームシックか？」

蒼士は戸惑いながら、彩乃の肩をそっと抱き寄せる。

彩乃の心臓はたちまちどきどきとせわしなく音を立てはじめる。

「で、でもこうしていたら元気になります」

彩乃は緊張しながらも、そっと蒼士に体を寄せた。

酔っていないつもりだったけれど、やはりアルコールのせいで大胆になっているみたいだ。そうでなかったら、こんなふうに彼にくっつくなんてできない。

「やっぱり彩乃は酔いやすいな。俺と一緒のときはいいけど、それ以外では気を付けろよ」

「うん、分かってます」

蒼士の言葉が嬉しくて、彩乃は微笑んだ。

なんだか、彼の妻だと認められたような気がしたのだ。

(もっと奥さんとして見てくれたらいいのに)

そんな願いを込めながら見つめたが、なぜか蒼士に目を逸らされてしまう。

「蒼士さん?」

呼びかけると、彼は困ったように眉尻を下げる。

「そろそろ寝たほうがいい。眠そうな顔してるぞ」

「してないです！　まだ全然眠くないし」

せっかくの彼との時間なのに眠るなんてもったいない。

けれど蒼士は彩乃に自室に戻れと言う。

少し意地になって抵抗していると、蒼士がはあと溜息を吐いた。

「彩乃。そんなにくっついたら駄目だ。俺だっていつまでも理性が持つとは限らない」

「理性？」

首をかしげると、蒼士が彩乃をじっと見つめながら言う。

「もう部屋に行くんだ」

彩乃は小さく息を呑んだ。

「でも……私たちは夫婦だから……まだ一緒にいたい。どうしたら私のこと、本当の奥さんとして、ひとりの女性として、見てもらえますか？」

後半は頼りない小さい声だから彼に届かなかったかもしれない。

それでも、まだここに居たいという気持ちは伝わったはずだ。

離れたくない。彼は押し倒されたくなかったらと言っていたけれど、構わないのだ。

だって彩乃は蒼士が好きだから。それなのに上手く伝えられないまま、愛しさばかりが募っていく。

そのとき蒼士が彩乃を強く抱きしめた。

「悪いが、もう止めてやれない」

蒼士が彩乃を軽々と抱き上げ、彼の寝室に運ぶ。

そっと降ろされたベッドからは、ほのかに彼の香がして彩乃は目眩《めまい》にも似た感覚に襲われる。

気が付いたときには、深く唇を塞がれていた。

「んんっ……」

何度も角度を変えて唇を重ねる。

甘くて少し苦しくて、現実とは思えない陶酔感《とうすいかん》。

キスに夢中になっているうちに、身に着けていた服が取り払われていて、素肌に彼の大きな手を直に感じた。

そっと撫でるように触れ、熱を持った唇がその後を追うように這《は》う。

「あっ……ああ……」

彩乃は初めての快感に翻弄《ほんろう》されながらも、自分の体が熱く潤《うるお》うのを感じていた。

「蒼士さん……」

「力を抜いて」

「うん……」

「彩乃、大丈夫だ」

痛みに涙を流す彩乃を、蒼士は宥《なだ》め優しく涙を拭《ぬぐ》いキスをする。

「……あっ！」

体の中に彼が入ってくるときの痛みは、思わず声を上げるほどのものだった。

それでも愛する人と、深く繋がったのだと思うと、喜びが胸にこみ上げた。

「大丈夫か？」

蒼士が心配そうに彩乃を見つめて、安心させるように、優しいキスを繰り返す。

逞《たくま》しい腕にぎゅっと抱きしめられると安心して、痛みにこわばっていた体から力が抜けていく。

彩乃の変化に気付いた蒼士が、ゆっくりと腰を動かしはじめた。

「あっ……」

「彩乃、愛してる」

彼の動きが滑らかになるにつれて、痛みが遠のいていく。

それから先は何も考えられないくらい翻弄されたまま彩乃は眠りについたのだった。

朝、目覚めると気まずそうな顔をした蒼士が彩乃を見つめていた。

「あ……蒼士さん」

「体は大丈夫か？」

言われて身動きすると、おなかの奥がずくんと痛んだ。

顔をしかめてしまったからか、蒼士が痛々しそうな目をして「ごめん」と頭を下げた。

（どうして謝るの？）

彼の考えが分からず彩乃は戸惑うばかり。

すぐに動けない彩乃のために飲み物を運んできたり、蒼士は優しかったけれど、どこかぎこちなさを感じさせるものだった。


あの夜から一週間が経った。

それまで彩乃を妻として見ていない様子だった彼が、どうして抱こうと思ったのか、彩乃はずっと考えていた。

もしかしたら、好きになってくれたのだろうか。

（そうだったらいいけど、多分違うよね……）

翌日の朝、蒼士の口から咄嗟に出た『ごめん』という言葉。

あれは酔っ払った勢いだからこその発言だろう。

蒼士の帰宅時間が遅く、あまりふたりで話す時間がないということもあり、ややぎくしゃくした関係が続いていて、彩乃はなんとかしたいと思っていた。

そんな週末の金曜日。蒼士が予想よりも早く帰宅した。

「蒼士さん、お帰りなさい」

笑顔で声をかける。

「ただいま」

彼も優しく答えてくれた。

お互いあの夜の出来事を気にしているけれど、口にしない。

それは気遣いなのか、それともなかったことにしたいのか。

(いけない、また悪い方に考えそうになっちゃった)

彩乃は浮かんだ後ろ向きな考えを振り払うように、笑顔で言葉を続ける。

「蒼士さん、今日はいつもより早かったけど、仕事が落ち着いたんですか?」

もしかしたら明日からは、一緒にいる時間が増えるのだろうか。期待をしたが蒼士は「いや」と否定した。

「一時期よりは落ち着いたが、まだ当分かかりそうだ」

「そうなんですか……」

彩乃はがっかりして肩を落とした。

彼が所属している警視庁捜査二課は、選挙違反や贈収賄事件など知能犯罪を扱う課だ。他の課でも同様だろうが、家族にも捜査内容は秘密で、だから彩乃は蒼士が今具体的に何をしているのかは分からない。

急に呼びだされたり、泊まりになったり、一緒に暮らしていると心配になることが多々ある。

幼い頃から父の姿を見てきたからそういう仕事だと知っていたけれど、どうしても心配になってしまう。

「ただ明日は一日休みが取れた。彩乃も休みだろう？　天気もよさそうだし出かけようか？」

「え？　本当に？」

「ああ。あまりふたりで出かけられてないし、彩乃の都合がよかったら」

思いがけない嬉しい提案に、喜びがこみ上げる。

「大丈夫。出かけたいです！」

彩乃に釣られるように、蒼士も微笑む。

「それならどこに行く？　彩乃が行きたいところでいいぞ」

「うーん、どうしよう……」

蒼士と行ってみたいところが沢山あり過ぎて、ひとつに絞るのが難しい。

（天気がいいから少し足を延ばして、紅葉を見に行くのもいいかな？　それともテーマパークで遊ぶのもいいかな？）

貴重な休日を満喫したい。そう思いあれこれ考えていたが、ふと蒼士の顔を見て気が付いた。

（蒼士さん、顔色がよくないかも……目の下にクマもできてるし）

間違いなく疲労の現れだ。口にも態度にも出さないけれど、かなり疲れているのだろう。

ここ最近の彼は連日長時間労働をこなしていたのだから、当たり前のことだ。

彩乃は申し訳ない気持ちに襲われ、目を伏せた。

（本当はゆっくりしたいのに、私を気遣って誘ってくれたんだよね）

もしかしたら、彼も彩乃のように気まずくなってしまった関係をなんとかしようと考えてくれたのかもしれない。

少し考えてから彩乃は口を開いた。

「蒼士さんと一緒にのんびり散歩をしたいです」

「散歩？　そんなのでいいのか？」

「はい。皇居の周りとか東京駅周辺とか。よく観光客を見かけるところだけど、意外と私はゆっくり見て回ったことがなくて。SNSで御洒落なカフェがあるのも見たので、行ってみたいです。蒼士さんは新鮮味がないかもしれないけど」

慣れたところでゆっくり過ごせば、彼も負担が少ないと思う。

「分かった。彩乃がそう言うなら明日はゆっくり散歩しようか」

「はい、すごく楽しみだな」

それは本当の気持ちだった。

どんなアトラクションよりも、彼と共有する時間が大切だから。


翌日はゆっくり朝八時まで眠ってから、支度をしてマンションを出た。

東京駅も皇居も、霞《かすみ》が関《せき》から近いから、蒼士にとっては見慣れた光景だ。

けれど彩乃が選んだ、温室をイメージしたカフェに入るのは初めてらしく、興味深そうにしていたように見える。

ジョギングのコースにもなる外苑《がいえん》をゆっくり散歩してから、蒼士が予約しておいてくれたレストランで食事をした。

その後は広大な地下街でショッピング。

いつもは素通りするような【東京土産】と書いてある商品をじっくり見るのは意外と楽しい。

蒼士はそんな彩乃を見守りながら、自分も興味があるものを見ていたようだけれど、彩乃が地下街から連結しているビルに移動しようとしたとき、突然腕を掴んで引き止めた。

「彩乃、そっちは止めよう」

「え？」

蒼士の様子がいつもとどこか違う気がした。

(何か問題があるのかな？)

彩乃は周囲に視線を巡らせた。

パリで出会ったときのように、悪い人がいるのかもしれない。朗らかさが消えた蒼士の顔を見ているとそう感じる。けれど、彩乃の目におかしいと感じるものは見つけられなかった。

「蒼士さん、どうしたの？」

「そろそろ帰らないか？　ずっと歩いているから疲れただろう？」

蒼士が彩乃の背中をそっと押し、さり気なく方向を変えた。

彼がこの場から離れたがっているのが分かり、彩乃はますます心配になる。

蒼士の様子を窺うが、彼の顔からはなんの情報も読み取れない。感情を綺麗に隠してしまっている。

「……そうだね」

(蒼士さん……急に様子が変わったけど、何を考えているのかな？)

不安がこみ上げたとき、蒼士が彩乃の肩を抱き寄せた。

(えっ？)

彩乃は驚き肩を震わせてしまったが、彼は気にした様子はなく足早に歩みを促す。

彼がこんな風に彩乃に対して強引な態度をとるのは初めてだ。

驚き蒼士の顔を見上げたが、彼は彩乃を見ている訳ではなく、ただ真っ直ぐ前を見つめている。

彼の気持ちは分からないけれど、この触れ合いがロマンチックなものではないことだけはたしかだと感じ、彩乃は複雑な思いで目を伏せた。

地下街から地上に出て、自宅マンションの方に足を向けるのかと思ったが、そのままタクシーに乗り込んだ。

彩乃に続いて蒼士が乗り込んできてドアが閉まる。蒼士が運転手に告げた行き先は自宅マンションだった。

「蒼士さん、どうしてタクシーにしたんですか？」

歩いてもそう時間がかからない距離だ。普段の彼ならタクシーを選ばない気がする。

「彩乃が疲れてるかと思って。さっき足が痛そうにしていたから」

蒼士の言葉に、彩乃は少し驚いた。

彼が言う通りずっと歩いていたせいか足の裏の痛みを感じていたのだ。

口には出さなかったけれど、彩乃の歩き方や態度で分かったのだろうか。

さすが、警察官僚だ。

「もしかして、どこか寄りたいところがあったのか？」

「食料品を買いたいと思ってたけど、今日じゃなくても大丈夫」

「そうか。夜はゆっくりしたいし、夕飯はデリバリーにしようか。何が食べたい？」

蒼士の様子はいつも通りで、地下街での違和感はもうなくなっていた。

（私の気のせいだったのかな？）

焦って帰ろうとしたのは、それだけ彩乃の足を心配してくれたからかもしれない。それに、ついはしゃいで蒼士をあちこち連れまわしてしまったけれど、彼は連日の仕事で疲労している身で、帰りたいと思っても当然だ。

（私って駄目だな）

彼にゆっくりして欲しいと思いながら、久しぶりのデートが楽しくてはしゃいでしまい、気遣いを疎かにしてしまうなんて。

せめてこの後は寛いでもらおう。

マンションに戻ってすぐに夕食を注文した。ふたりで相談して釜飯の店にして、蒼士が鰻《うなぎ》、彩乃が鯛《たい》の釜飯を選んだ。

届くまではそれぞれ自由に過ごす。

蒼士は同僚から電話がかかってきたと言い、自室に入った。微かに話し声がする。

彩乃は楽なルームウエアに着替えをしてから、リビングに戻りローテーブルに今日地下街で買ってきたものを並べた。

散歩がメインだったはずなのに、結構いろいろ買っている。

レースの刺繍《ししゅう》が可愛い日傘と、日常使いによさそうなバナナクリップ。ハーブのバス用品に、ちょっと高級な出汁《だし》など。

どれも特別なものではないけれど、彼と一緒に見て回ったのは、楽しい思い出になった。

広げたものを丁寧に仕舞っていると、インターフォンが鳴った。

「あ、もう来たんだ」

予想より早いけれど、お腹が空いているから丁度いい。

彩乃がソファから立ち上がり応答しようとすると、蒼士が自室から出てきて素早くモニターのボタンを押した。

「はい。開けますのでおはいりください」

蒼士はそう言いモニターを切ると、彩乃を見た。

「俺が出るから」

お茶を淹れてダイニングテーブルに並べていると、釜飯を受け取った蒼士が戻ってきた。

出来上がってすぐに届けてくれたようで、温かくていい匂いがする。

今日の出来事を振り返りながら楽しく会話をし、釜飯を食べ終えお茶を飲んだ。

(今日は本当に楽しかったな……)

特別なことはしない散歩デートのつもりだったけれど、蒼士がランチに、有名なステーキハウスを予約してくれいていた。

彩乃もいつか行きたいと思いながらも敷居の高さを感じていた店だ。ラグジュアリーな空間で味わう最高級の和牛は本当に絶品だった。

口の中でとろける和牛に驚く彩乃を見て蒼士は優しく笑っていた。

その後は可愛らしいインテリアのカフェに寄った。

蒼士はチーズケーキ、彩乃はショートケーキを頼んだ。お裾《すそ》分けして、美味しいねと味の感想を言い合い夢中でおしゃべりをして……悩んでいた気まずさなど吹き飛んでしまったほどだ。

こんな風に蒼士とふたりでゆっくり過ごすのは本当に久しぶりだった。

(これからもときどきでいいから、お休みが取れたらいいのにな)

楽しかった時間の余韻に浸っていると、蒼士がふいに笑みを消し深刻そうな表情になった。

「彩乃、大切な話があるんだ」

「……はい」

彼の態度から、重要な話だと伝わってくる。彩乃は緊張感を覚えながら手にしていた湯呑をテーブルに置き居住まいを正す。

「しばらくの間、実家に戻って欲しいんだ」

「……え？」

彩乃は茫然と呟いた。深刻な話だろうと予想はしていたが、まさか別居を言われるなんて思ってもいなかったから。

「どうして……あの、私何か蒼士さんが嫌になるようなことをしましたか？」

まだ結婚して一カ月と少ししか経ってない。同居開始日から一週間くらいは一緒にいる時間が多かったが、最近の蒼士は仕事が忙しくて、顔を合わす機会も少なくて、だからこそ別居を言われる原因が思い当たらない。さっきまで楽しく過ごしていたはずなのに。

（私……気付かないうちに蒼士さんを怒らせてしまったの？）

それとも、この前の夜のことをやっぱり後悔しているのだろうか。

見るからに動揺している彩乃に、蒼士が慌てたように言葉を続ける。

「彩乃は何も悪くない。誤解しないで欲しいんだが、別居は一時的なものだ……仕事で少し問題があって、当分帰宅できない日が続くと思う。彩乃をひとりにするのが心配だから、その間実家から仕事に通って欲しいんだ」

「……別居はどれくらいになりそうなんですか？」

「まだはっきりと約束できないが、恐らく一カ月くらいになると思う」

「一カ月……」

離れているのには、あまりに長く感じる期間。彩乃は落胆して俯いた。

蒼士の気持ちは理解できる。

仕事が佳境になりより神経を使わなくてはならないときに、家で彩乃が待っていると思うと落ち着かないのだろう。

気が散ってしまい、仕事が捗らないのかもしれない。

彼はあまり帰宅しないのだから、食事の準備もいらないし、他の家事も大して必要ない。

彩乃がいなくても全く問題ない状況なのだ。むしろ居ることで、蒼士の負担が増える。

そう頭では分かっていてもショックだった。

日中が楽しかった分、落差が激しくて、笑顔で「分かりました」と了承するのが難しい。

なかなか言葉が出てこない彩乃に、蒼士が困ったように言う。

「実家には滝川次長がいらっしゃる。俺もその方が安心し仕事ができるんだ」

「でも、いきなり戻ったら父がなんて言うか……」

「それは大丈夫だ。さっき滝川次長に電話をして、事情を説明しておいた。快く了承してくれた」

「お父さんに？　……そうですか」

胸が突かれたように鋭く痛む。

（そこまでするなんて、蒼士さんの気持ちはもう固まっていたんだね）

彩乃がなんと言おうが、これは決定なのだ。

「……分かりました」

心の中はぼろぼろだけれど、無理やり笑顔をつくってそう言った。

罪悪感があるのか、蒼士が顔を曇らせる。

「俺の勝手でごめんな。なるべく早く迎えに行くから」

蒼士は嘘をつかない人だ。でも今だけは彼の言葉を心から信じることができない。

彩乃は気持ちが暗く沈んでいくのを感じていた。

翌日の昼前に、彩乃は蒼士に送られて実家に戻った。

車中で蒼士は彩乃を気遣うように、声をかけてきてくれたが、泣きたい気持ちを堪《こら》えて笑顔をつくるのでせいいっぱいで、会話の内容はほとんど頭に入ってこなかった。

マンションから自宅までは三十分もかからない。

あっという間に到着して、長く暮らした屋敷の門が見えてきた。

敷地内に車を停めていると、玄関扉が開き両親が出迎えに来てくれた。

彩乃の荷物を車から降ろしていた蒼士は、彩乃の父に気付くと深く頭を下げる。

「滝川次長。この度はご協力いただきありがとうございます」

「構わないよ。彩乃は心配いらないから、任務を果たしなさい」

「はい」

彼は父との会話が終わると、彩乃に顔を向けた。

何か思い詰めているような表情に、綾乃は息を思わず呑んだ。

「彩乃、俺の我儘《わがまま》でごめん。迎えに来るまで待っていて欲しい」

「うん、待ってます」

早く迎えに来て欲しい。その言葉を彩乃は口に出せずに飲み込んだ。

挨拶をおえると、彼は仕事があると五分もしないうちに車を走らせ去っていってしまった。

彩乃になんの未練もなさそうなその態度に、ちくりと胸が痛み悲しい気持ちがこみ上げる。

「彩乃、中に入りましょう」

当分の荷物が入ったボストンバッグを片手に茫然としていた彩乃に、母が優しく声をかけてきた。

「うん」

「部屋に荷物を置いたら降りてきなさい。食事を用意してあるから」

自室は彩乃が家を出たときから、何も変わらないままだった。

荷物を置き、ダイニングに行くと父と母が席についていた。テーブルには母の手作り料理が、所狭しと並んでいる。

どれも彩乃の好物だ。

「美味しそう。お母さん、ありがとう」

「たまには実家の味もいいでしょう？　さ、食べなさい」

久々の実家での食事はほっとするもので、塞いでいた気持ちが癒えるようだった。

食事を終えると、彩乃は父に訪ねた。

「蒼士さんは、お父さんになんて言ったの？」

「仕事が落ち着くまで彩乃を実家で過ごすようにして欲しいと言われたよ」

父は迷った様子はなくいつもの優しい顔で答える。

「蒼士さんが今、どんな仕事をしているかお父さんは知ってるの？」

「だいたいはね。だが彩乃に話す訳にはいかないよ」

「うん……分かってる」

父は家庭を大切にしているが、仕事のことになると口が堅く、母にすら何も知らせていない。唯一の例外が、彩乃にパリからの帰国を促したときだけなのだ。

（お父さんから聞き出すのはやっぱり無理だよね）

「心配する気持ちは分かるが、これぱっかりはな。少しの間ここでゆっくり過ごせばいい」

「うん、ありがとう。お父さんも忙しくなるだろうし、家のことはなるべく私にやらせてね」

父の言葉に彩乃は、納得できないまま頷いた。

母は父娘のやりとりを心配そうに見守っていた。

五章　不穏な気配　蒼士ｓｉｄｅ

奈良野が消えてから、一週間が過ぎた。人を使って行方《ゆくえ》を追っているが今のところ手がかりはない。

彼は今年三十八歳になる。両親は既に鬼籍に入っており、群馬《ぐんま》の実家には兄家族が暮らしている。

ただ奈良野は兄をはじめとした親族全員と没交渉になっていて、最後に連絡を取り合ったのは、両親の葬儀《そうぎ》を行った四年前になるとのことだった。

友人や恋人がいた様子はなく、仕事と家の往復の毎日。関わりがあるのは内島議員の関係者だけという交際範囲が非常に狭い人物だった。

誰かを頼っている可能性は低いため、ビジネスホテルなども当たったが、手がかりなし。

奈良野を捜す一方で、蒼士がフランスに出向する前に見かけた三枝の元秘書を当たろうとしたが、驚くことに彼女も突然仕事を辞めて、姿を消してしまっていた。

「手詰まりですね」

本部で部下からの報告を受けた新藤が、悔しそうに顔をしかめた。

彼と共に報告を聞いていた蒼士も、顔には出さなかったが内心強い苛立ちを覚えていた。

重要参考人のふたりが失踪《しっそう》。そのふたりはどちらも人との縁に薄く、いなくなっても心配する者が職場の人間くらいしかいない。

その職場の同僚は、捜索願は出さずに、ただ仕事の穴を埋めるだけだった。

とくに内島議員の関係者の反応は冷ややかなものだった。

『彼は以前から仕事が向いていないと悩んでいたようなんですよ。逃げ出したくなったのかもしれませんね』

誰もが彼が自分の意思で姿を消したと信じている。

しかし蒼士は、そんな単純な話だとは考えていなかった。

捜査の妨げになる致命的な問題が、二度も続いた。蒼士の目が届いていない小さな問題を入れたら、もっと多いのかもしれない。

ここまで来ると、偶然とは思えない。

（捜査関係者が、情報を漏らしている）

奈良野も元秘書も、自ら姿を消したのではなく、誰かに強いられたと考える方が自然だ。捜査の手が届かないように、先回りされたのだ。

それでも確信に近いその考えを、口にすることはできなかった。

蒼士の考えは仲間を疑い、犯人側の人間だと決めつけるようなものだから。

もし、思い違いだったら取り返しがつかなくなる。

もう二度と、仲間を疑い罪を突きつけるような真似はしたくないとずっと思っていた。そんな日が来なければいいと。

現状を信じたくない気持ちが、蒼士を躊躇《ため ら》わせた。

「……人員を増やして引き続き、奈良野と元秘書の行方を追ってくれ」

「はい」

新藤が会議室から出ていくのを、蒼士は重い気持ちで見送った。


事態が動いたのは、それから三日後。

久々の休日を彩乃とふたりで過ごしていたときのことだ。

途中から誰かに見張られていることに気が付いた。どこに行っても、視線がつきまとうのだ。

しばらく周囲を油断なく探りながら、彩乃の後を歩いていると、特定の人物が常に蒼士の視界に入る位置にいることに気が付いた。

どこにでもいるようなビジネススーツ姿の男で、東京駅ではよく見る。余程気を付けていないと記憶に残らない平凡な印象。

けれど蒼士は確信した。

（間違いなくつけられてる）

あれは目立たないように、周囲に溶け込むための擬態に違いない。

思わず舌打ちをしそうになった。

彩乃はまだショッピングを楽しみたそうな様子だったが、強引にマンションに連れ帰った。

彼女を怖がらせたくなくて理由を説明しなかったせいで、かなり困惑していたし、不満だったろうが蒼士に文句を言ったりはしなかった。

彩乃は相手の事情を察し、自分の気持ちを飲み込むところがある。それは彼女の優しさだが、そのせいで自覚しないままストレスを溜めそうで心配だと以前から思っていた。

それなのによりによって自分が彩乃に負担をかけてしまうなんて。

情けなくて苛立ちがこみ上げる。

一方で頭の中では、急ぎ考えを纏めていた。

先ほど跡をつけていたのは、蒼士を監視するものだろう。

内部情報が漏れている疑いがある以上、捜査員の情報が渡っていても不思議はなかった。

相手が誰かも何が目的かも確証はないが、テレサと内島議員の関係者である可能性が最も高い。

相手は捜査を実質仕切っているのが蒼士だと知っていて、監視しているのだろう。

蒼士は焦燥感《しょうそうかん》に襲われ顔をしかめた。

大物政治家が絡み、その秘書は現在行方不明と、混乱を極めている事件だ。

彼らは警察関係者に対して手を出すほど愚かではないと思っていたが、余程追い詰められているということだろうか。

このままでは、ただ監視するだけではなく、なんらかの妨害が起こる可能性を否定できない。

彩乃の存在を知られてしまったのは問題だった。

利用される可能性があるし、質の悪い人間を監視に使っている場合、一般人の彩乃に危害を加えるのも厭《いと》わないかもしれない。

蒼士が側にいることができたら絶対に守るが、実際は常にそうもいかない。

自分が不在のときに、自宅にやって来てしまったら……彩乃に用心するように伝えたとしても、彼女には全ての人を疑うなんてできないはずだ。

困っている人が居たら、優しく声をかけるだろう。もしそれが罠だったとしても、彼女に見分けるのは無理だ。

彩乃を危険にさらす訳にはいかない。

「間違いなく跡をつけられていました。彩乃の顔も恐らく撮られたはずです」

蒼士は悩んだ末に彩乃の父である滝川次長に連絡をして、つけていた人間を特定するまで彩乃を預かって欲しいと頭を下げた。

「娘は任せなさい。うちに居る限り心配はない」

彩乃を溺愛《できあい》している滝川次長は、ふたつ返事で引き受けてくれた。

娘の安全のためには、蒼士の意見が正しいと判断したのだろう。

けれど、別居を伝えたときの彩乃は明らかにショックを受けていた。

その反応は当然だ。結婚して二カ月もしないうちに実家に帰るように言われたら、誰だって驚くし怒りを覚える。

住まいを変えるのは大変なことだ。蒼士の勝手な都合で振り回されていると感じるに決まっている。

それに時期も最悪だった。

あの夜……お酒を飲んで無防備になった彩乃からは清純でありながら、女としての色気が漂っていた。

蒼士を見つめる目は何かを訴えるように潤《うる》み、小さな唇は今すぐキスをしたくなるほど色づいて見えた。

いつも蒼士に対して遠慮をして礼儀正しい態度を崩さない彼女が、まるで甘えるかのようにもたれてきて、愛しさがこみ上げるのを抑えられなくなった。

抱きしめたい。求める気持ちのまま彼女を腕の中に閉じ込めた。それでも必死に理性を総動員して引き返そうとしたけれど……結局想いを遂げるように彩乃を抱いた。

逸る気持ちを抑え、可能な限り優しくしたつもりだ。

それでも、あんな風に抱くつもりはなかった。

『でも……私たちは夫婦だから……まだ一緒にいたい。どうしたら私のこと、本当の奥さんとして、ひとりの女性として、見てもらえますか』

彩乃があの発言をしたのは、妻らしく振る舞わなければとプレッシャーを感じていたからではないのか。

だからもっと時間をかけて、彩乃の気持ちが蒼士に向くのを待ってから。そう決めていたのに。

その後謝罪をしたが、気まずくなってしまった。

このままではいけない。そう思い仕事を調整して休日をもぎ取り、彩乃をデートに誘った。

ふたりで過ごし、自分の気持ちを伝えようと思っていたのだ。

初めて会ったときから惹かれていた。愛しているから抱いたのだと。

それなのに、結局蒼士の想いは何ひとつ伝えられず、別居を提案することになってしまうなんて。

彼女を悲しませていると思うだけで、蒼士の胸もきりきり痛んだ。他の手段が取れない不甲斐ない自分に苛立ちを覚えた。

「さっき滝川次長に電話をして、事情を説明しておいた。快く了承してくれた」

「お父さんに？　……そうですか」

少しでも気が楽になればいいと思い、そう伝えたが、あまり彼女の心には響かないようだった。

それでも翌日の昼には彩乃を実家に送った。彼女は明らかに元気がない。

彼女の怒るというよりも深く悲しんでいる姿を見ていると、ありもしない考えが頭に浮かんだ。

(もしかして、俺と離れることを悲しんでいるのか?)

けれど蒼士はすぐにその考えを否定した。

それは蒼士にとって都合がいい、妄想だ。

彩乃が蒼士と結婚したのは、単に両親に勧められたからではない。

パリで彼女の生まれの事情を聞いた蒼士だからこそ分かる。

彩乃は自分を大切に育て慈しんだ家族に感謝をしていて恩返しをしたいと思ってる。

流されたのではなく、彼女自身の強い意思をもって蒼士のもとに来てくれたのだろう。

実際彼女自身が見合いの席でも言ってた。

『やっぱり、両親に安心してもらいたくて……』

ついでのような言い方だったが、それが一番の理由だったのだろう。

それなのにいきなり実家に帰れと言われたら……落胆し悲しくなるに決まってる。

だから甘い考えは捨てなくては。

そもそも蒼士は彩乃に自分の気持ち、彼女への想いを伝えてすらいない。

彼女が蒼士との暮らしに慣れたら、伝えようと思っていたけれど、それは逃げでもあった。

もし恋愛感情を伝えて、彼女が困ってしまったら……気まずくなるのを避けたかった。

ようは、まだ彩乃に受け入れてもらえる自信がなかったのだ。

だから彩乃は蒼士の想いに気付いていない。

でもこの件が片付いたら、今度こそ伝えようと蒼士は決めた。

別居の件を謝り、そして改めてプロポーズをする。

三年前、どれだけ彼女に救われたか。忘れられずにいたのかを、正直に伝えよう。

彼女が蒼士を男として見て、同じような気持ちを持ってくれるかは分からない。

長く待つことになるかもしれない。それでもよかった。

だから今は早くその日が来るように仕事に集中する。

蒼士は改めて決意を固めたのだった。

彩乃が不在の自宅は、色褪《あ》せたような寂しさがあった。

彼女と笑い合いながら食事をして、ソファで眠ってしまった彼女の寝顔を見て和んでいた日々が懐かしい。

ひとり暮らしにはなれているはずなのに、一度幸せを知ってしまったからか、胸が塞ぐような孤独を感じた。

だからこそ、仕事に没頭した。

部下と共に調査をし、膨大な資料を何度も見直す。

証人がいないのならば、テレサ通信の経理データから、内島議員との関係を示す証拠を探すしかない。何か見逃している点がないか、これまでの捜査資料を見返しているうちに、おかしな点に気が付いた。

記録されている情報が変わっているのだ。

(まさか……誰かが情報を改竄《かいざん》している？)

しかし、情報を書き換えるのは、捜査本部の刑事でも困難だ。セキュリティの権限にはレベルがあり誰でも触れられる訳ではない。仮にアクセスをしても履歴が残る。

(この情報に触れられるのは、俺と新藤と……)

画面を睨み考え込んでいると、ぽんと肩を叩かれた。

気配がなく近づかれたことに、蒼士は驚き顔を上げる。

「北条、かなり行き詰ってるようだな」

蒼士の後ろに佇んでいたのは佐藤だった。蒼士は僅かに息を呑み、つくり笑いを浮かべる。

「はい。参考人は姿を消し、内島議員の関係者は、とにかく協力的ではありませんからね」

内島議員は後ろ暗いからか権力を盾に逃げている。忌々《いまいま》しいが、完全に警戒されている状態だ。

「一度休憩した方がいい。飯はまだだろ？」

佐藤に言われ時計を見ると午後一時を過ぎていた。

もう一度会計データを確認したかったが、上官の誘いとあれば断れない。

蒼士は上着を羽織り、佐藤の後をついていく。

警視庁近くの佐藤がよく利用する定食屋に入り、日替わり定食を注文した。

「最近はどうだ？　奥さんとは上手くいってるのか？」

「……ええ。問題ありませんよ」

蒼士は違和感を覚えながらも、それを表に出さずに水を一口飲んだ。

(こんなときに、彩乃の話をするとはな)

捜査本部の皆が行き詰まっている状況だからあえて仕事の話を外しているのかもしれないが、佐藤と彩乃のことを話す気にはなれない。

それは捜査に行き詰まった焦燥感だけでなく、彩乃への独占欲も働いていた。婚約のきっかけになった上官にも、彼女のプライベートは知られたくない。あの優しい微笑みも可愛い寝顔も全て蒼士だけのものだ。

もちろんそんな呆れるような欲望は内に秘めて涼しい顔をしているから、佐藤に伝わることはないけれど。

「彼女は仕事を続けているんだよな」

「ええ」

「滝川次長とはよく会っているのか？」

「いえ、最後に会ったのは先月です」

佐藤はこうしてふたりで話すと、必ず彩乃についい尋ねてくるが、一番知りたいのは、滝川次長についてなのかもしれない。

ふとそんな考えが浮かぶ。

蒼士の口数が少ないことに気付いたのか、佐藤が話題を変えてきた。

「三枝の元秘書の顔写真は見たか？」

「はい」

昨日、元秘書の同僚から、彼女が失踪する数日前の写真が提供されている。

「他の写真と比べてがらりと変わっていて驚いたよ。整形か」

「いえ、化粧でしょう」

確かに雰囲気は変わっていたが、骨格に変化は見られない。

目元を強調し、彫りを深く見せるメイクだと思った。毛先が内巻きにカールした艶やかな髪は、もしかしたらウイッグなのかもしれない。

「いつも思うが女は怖いな。元秘書は今年四十のはずだが、写真に写る顔は二十代と言われても信じられるほど若い。髪型も彩乃さんとそっくりだった」

佐藤の言葉に、蒼士ははっとして息を呑んだ。

写真で見た元秘書の髪は、今の彩乃と同じくらい。肩すれすれの長さだった。

けれど、佐藤が知っている見合いの席での彩乃は着物姿で、髪は綺麗に纏めており、正確な長さも普段のヘアスタイルも分からないはずだ。

それなのに元秘書と同じだと思うだろうか。

似ているのだと判断したのだとしたら、今の彩乃を見ているからではないだろうか。

彼女が髪を切ったのは、蒼士と同居をはじめてから。

（だが一体どこで彩乃を見たんだ？）

「どうした？」

佐藤が怪訝そうに聞いてきた。

「いえ。似ているかと考えていただけですよ」

蒼士は動揺する心を隠し、にこりと微笑む。

佐藤に対する違和感が、蒼士の中で膨らんでいた。

六章　嫉妬と告白

蒼士と別居をして一カ月が経った。

彼はときどき連絡をくれるが相変わらず忙しそうで、彩乃がマンションに戻れる気配は今のところはない。

父に蒼士の様子を聞いてみたが詳細は知らないと言われてしまった。

捜査二課はとくに捜査情報が秘匿《ひとく》され、同じ課でも係が違えば情報を共有していないことは当たり前なのだとか。

弁護士秘書という仕事柄、彩乃も守秘義務の重要さは分かっているから、それ以上聞くことはできなかった。

それでも蒼士が心配で、食事の差し入れくらいはしたいと、何度か提案をしたことがある。

けれど残念ながら、やんわり断られていた。

『ありがとう。でも俺は大丈夫だから、彩乃は実家でゆっくり過ごしてな』

とても優しくて、気を遣ってくれているのが分かる声だった。

でも蒼士は決して彩乃と会おうとはしてくれない。

(私があれこれ言うのは迷惑なのかな……電話もしない方がいいのかな)

少なくとも、彼は彩乃と会えなくても寂しくもなんともないようだ。

素っ気なくされないのは、彩乃が検察庁次長の娘だから。内心はうんざりしているのかもしれない。

そう考えると、電話をするのも躊躇いを感じた。

かといって連絡をしなくなったら、彼との繋がりが切れてしまいそうな気がする。

何より忙しく任務に励む彼が心配で、彩乃は迷惑にならないようにこまめにメールを送った。

蒼士の負担にならないように体を気遣う短い文面にし、返信がなくても気にしないように心がけた。

(なかなか会えないのは辛いけれど、蒼士さんが頑張ってるように私も努力しなくちゃ)

彩乃はより一層積極的に仕事に取組み、実家では家事をこなし忙しく過ごすことで、寂しい日々に耐えていた。

彩乃の勤務時間は、午前九時から午後六時までだ。

多忙な時期は残業するが、担当弁護士の案件が落ち着いている今は、六時を回るとすぐに席を立ち帰宅する。

「お先に失礼します」

「彩乃、帰りなんか食べていかない？」

六時十五分に席を立つと、パラリーガルの夏美《なつみ》が声をかけて来た。

百七十センチを超える長身に、彫りが深いはっきりした顔立ちの正統派美人だ。

彼女とは中等部からの付き合いで、共に付属の大学の法学部に進学した。

彩乃の家にも何度か遊びに来たことがあり、両親とも顔を合わせている。

同じ法律事務所に入所したことで、仕事の悩みを相談したりしているうちにますます仲がよくなった、彩乃の一番の親友だ。

「いいけど、夏美も終わったの？」

夏美がついている弁護士は抱えている案件が多く、彼女はいつも余裕なくバタバタしている。彩乃と違い定時で帰宅できることは稀《まれ》だ。

「奇跡的に終わったの。こういう日はさっさと帰るに限る」

「たしかに」

夏美と共にオフィスビルを出て、銀座のイタリアンレストランに向かう。

その途中で母に遅くなるから夕食はいらないとメッセージを送った。

「蒼士さんに連絡したの？」

スマホをいじる彩乃を見て、夏美がにやりと揶揄うような笑みで言う。

彼女には結婚して彼のマンションに引っ越ししたところまでしか話していないから、勘違いしているのだ。

「ううん。母に送ったの。今実家に戻ってるから」

「えっ、なんで⁉　新婚なのに」

夏美が大袈裟なくらい驚いた反応を見せる。

「そうなんだけど、事情があって別居を言われちゃってね……」

夏美に説明しながら移動し、レストランに入る。

何度も来ている店だからメニューも大して迷わないでオーダーできる。夏美は食事よりも彩乃の話が気になるようだった。

食前に届いたクラフトビールを一気に飲み、彩乃に迫る。

「さっきの、詳しく話してよ」

まるで取り調べ官のようだ。

（蒼士さんも取り調べするのかな……）

そんなことを考えながら、彩乃はありのままを説明した。

夫から同居早々に実家に帰ってくれと言われるのは言い辛いことだけれど、夏美には、これまで仕事の失敗も蒼士への想いもなんでも打ち明けてきた。

ただ、両親と血が繋がっていないことだけは話していない。

知っているのは当事者以外では蒼士だけなのだ。それくらい特別な人なのに……。

夏美に話し終えた彩乃は大きな溜息を吐いた。

「という訳で、別居になってからもう一カ月も経っているんだ」

「うーん。彩乃は突然別居になったって思ってるけど、実はその前から予兆があったってことはないの？」

「分からない……私は仲良くしているつもりだったけど……」

でも、別居になったのは初めて蒼士に抱かれてからすぐのことだ。

（もしかしたら私の何かが気に入らなかったのかな？）

蒼士の態度は優しくて、不満を感じているようには見えなかったけれど。

不安を覚えたとき、夏美が首を傾げながら言った。

「それなら蒼士さんが言う通り、本当に仕事が忙しいいんじゃない？」

「そうなのかもしれないけど心配なんだ。任務で危険な目に遭ってるかもしれないのに、私は側に居られないし、何も知ることができないから」

「彩乃の気持ちは分かるけど、仕方ないよね。うちの先生だって依頼内容は家族にも秘密にしているし、そういう仕事なんだからって諦めるしかないよ」

夏美がドライに言った。彼女は彩乃よりもこういう切り替えが上手い。

「そうだよね……」

「離婚しようって言われている訳じゃないんだから、あまりくよくよしない方がいいよ。悪い方に考えてもいいことなんてないと思うの。だから。ほら彩乃の好きなモッツアレラのパスタだよ、食べな」

夏美が取り皿にパスタを山盛りにのせて彩乃に渡す。

「ありがとう」

サラダやフォアグラなど届いた料理を少しずつ取り分けて口に運ぶ。あまり食欲がないと思っていたけれど、食べてみると意外に入る。

鯛のカルパッチョが届いたので夏美の分も取り分けて彼女の前に置こうとした。

すると夏美が難しい表情で口を開いた。

「ねえ、ふと思いついたんだけど、別居になったのって彩乃の身を守るためなんじゃない？」

「どういうこと？」

夏美の発言が突拍子もないことに感じる。

「彩乃の話を思い出していたんだけど、蒼士さんは急に別居を言いだしたんでしょ？　それなのに彩乃のお父さんは怒りもしなかった……それは蒼士さんと一緒にいると危険な目に遭う可能性があるからなんじゃない？　同業のお父さんは事情を知ってるんだよ」

夏美は早口で言い終えると、自分の考えによほど自信があるのか、満足そうな表情になった。けれど彩乃は半信半疑だ。

「そうかなあ……ドラマでは見かけるシチュエーションだけど、現実にはないんじゃない？」

反応の鈍い彩乃に、夏美が不満そうに頬を膨らませる。

「どうして、ないって言い切れるの？」

「だってお父さんは蒼士さんと同じ警察官だけど、今まで危ないことなんて一度もなかったから」

「それは……たまたまなんじゃない？　警察官って言ったって扱う事件が違うのかも

しれないし。彩乃だってお父さんと蒼士さんがどんな仕事しているのか分からないんだし、断定はできないじゃない」

「そうかもしれないけど……」

夏美の発想には現実味がない気がした。

それなのに、もしかしたらと考えてしまうのは、彼女の言う通りだったら、蒼士は彩乃のために別居を選んだということになるから。

彩乃にとって都合がいい話になるのだ。

「もし蒼士さんが私のためを想ってくれているのなら嬉しいけど」

「陰で彩乃を守ってくれているのかも。悪い方に考えるよりも前向きに思ってた方がいいよ」

「……そうだね」

彩乃が半分納得した様子を見て夏美はほっとしたように口角を上げる。

「彩乃は本当に蒼士さんが好きなんだね」

「えっ？　……うん」

咄嗟に誤魔化そうとしたけれど、彼への気持ちを否定したくなくて素直に頷いてしまった。

夏美が面白そうに笑う。

「こんな絶対に蒼士さんにばれないところでも嘘つけないの彩乃らしいし、愛を感じる」

「揶揄ってるでしょ？」

夏美が「まさか」と首を振る。

「パリで出会った後にお見合いで再会だもんね。運命だって思っても仕方ないって」

「運命なんて言ってないってば」

「恥ずかしがらなくていいじゃん。早く迎えに来てくれるといいね」

「……うん」

夏美に散々揶揄われてしまったけれど、悩みを吐き出せたからか、レストランを出る頃にはだいぶ気が楽になっていた。

「あーお腹いっぱい。まだ九時か……この後どうする？　お店変えて少し飲む？」

「ごめん、今日は帰ろうと思って。早く帰るようにって家から連絡入ってたから」

レストランを出てスマホを確認すると、父から帰りの時間を確認するメッセージが入っていたのだ。

「そっか。それならまた次の機会にしよう」

夏美とは路線が違うのでその場で別れて、彩乃はJRの駅に向かう。途中、【今から帰る】と父のメッセージに返信をしておいた。

路面店が並ぶ銀座の通りは賑やかで多くの人が行きかっている。

仕事帰りの人も多いだろうに、疲れを感じさせず楽しそうだ。

なんとなく周りの景色を眺めながら人の流れに合わせて歩いていた彩乃は、視界に飛び込んできた光景に驚き、思わずその場で立ち止まった。

「蒼士さん？」

忙しく働いているはずの彼が、目の前のレストランのエントランスにいた。

リニューアルして有名シェフがオーナーになったことで人気があるが、気軽に利用できる価格帯ではなく特別な日に予約をするような店だ。

彩乃は誕生日のお祝いに一度だけ利用したことがある。

（蒼士さんが、どうしてここに？）

透明感があるガラス扉のラグジュアリーなエントランスに、スーツ姿の蒼士は違和感なく馴染んでいた。

しかも彼の隣には、彩乃の知らない女性が寄りそうように佇んでいた。

シンプルなパンツスーツを着こなし、少し顔を上げるだけで百八十センチを超える蒼士と目が合うほど彼女は長身で、羨ましくなるようなメリハリがあるスタイルを引き立てている。

とても姿勢がよい女性で、サラサラの長い髪が流れる背中が美しい。

（誰なんだろう？）

ドクドクと心臓が音を立てる。嫌な予感がこみ上げ、彩乃は何かに導かれるようにフラフラと蒼士の方に足を進めていた。

彼に会ってなんて声をかけるのかは決めていない。

けれど見て見ぬふりをして立ち去ることなんて、できなかった。

レストランの周囲は、整然と植栽が並び、エントランス周りは綺麗にライトアップされている。

蒼士との距離が近くなる。何かを話している彼の横顔がはっきり見えてきたとき、彩乃は思わず大きな植栽の陰に隠れていた。

立ち去ることができないくせに、いざ彼に近づいたら怖気づいてしまったのだ。

彩乃は植栽の陰で深呼吸をした。

こんなところにいつまでも潜んでいる訳にはいかないのだから、この場を離れるか、蒼士に声をかけるか早く決めないと。

ところが彩乃が悩んでいる間に、蒼士が踵《きびす》を返し、真っ直ぐこちらに近づいてきた。

食事をするのではなかったのだろうか。

（どうしよう！）

彩乃は慌てて身を隠した。こんな風にこそこそしているところを蒼士に知られたくなかったのだ。覗き見をするような人間だと思われたくない。

急いでその場を離れようとしたが、蒼士の歩調は思ったよりも早く、もう彩乃のすぐ近くに迫っていた。

彩乃に気付いているのかもしれない。

出ていく勇気もタイミングも掴めず、木の陰に隠れて息を潜めていると、蒼士と連れの女性が話す声が聞こえてきた。

「ねえ、最近家に帰ってないって聞いたけど、大丈夫なの？」

少しハスキーな声だった。言葉使いから蒼士との関係の近さが窺える。

「誰に聞いたんだ？」

蒼士の声は驚くくらいぶっきらぼうなものだった。

「なんでいきなり機嫌悪くなるのよ」

女性が呆れたような声で答えた。

「余計なことを言うからだ」

「いいじゃない。私たちの仲なんだから。この前も後輩に聞かれたのよ、あなたと付き合ってるのかって」

「噂？」

「そう。私と蒼士が付き合ってるって」

女性の声がはっきりと耳に届き、彩乃の鼓動がドクンとひときわ大きく跳ねた。

（付き合ってる？　蒼士さんとあの人が？）

ばくばくと心臓が音を立てる。ショックのせいか気分が悪くなり思わず口元を押さえて俯いた。

「またその話か？　以前も――」

蒼士の返事が知りたかったけれど、甲高いクラクションに阻まれてよく聞こえない。

「ミナミ、もうその話はするなよ」

「えー、どうしようかな……」

女性の楽しそうな声がする。蒼士の声は相変わらず素っ気ないものだが、それが逆に気安さの表れに感じた。

段々とふたりが遠くなり、声も聞こえなくなっていく。すぐ近くを通り過ぎたのに、蒼士は最後まで彩乃に気付くことがなかった。

彼は仕事柄か、周囲の気配に敏感だ。

彩乃と出かけるときだって、いつも油断なく周囲を気にしているようだったのに、今はそれほど彼女との会話に夢中になっていたのだろうか。

彩乃はいつの間にか胸に抱えていたバッグをぎゅっと抱きしめた。

そうしていないと体がカタカタ震えてしまう。

彼らの会話はそれほどに彩乃の胸に突き刺さるものだった。

『そう。私と蒼士が付き合ってるって』

『またその話か？　以前も――』

あの会話は明らかにふたりの関係が特別なもので、職場でも知られている様子を表していた。

遠慮がなくて、とても仲がよさそうで。

(彼女のこと、ミナミって呼んでたな)

苗字ではなく名前で呼び合う関係の女性。それだけで親しさを感じる。にもかかわらずこれまで彼の口から出てきた覚えがない名前だ。

（蒼士さんは、私に彼女の存在を知られたくなかったのかな？）

その意味を考えると、体ごと沈み込むような絶望を感じて、その場から動くことができなくなった。

ショックで頭が回らないながらも、帰巣本能からか気付けば自宅の最寄り駅に着いていた。

改札を出てターミナルの前に来ると、待ち構えていたように名前を呼ばれた。

「彩乃」

「お父さん、どうしたの？」

「迎えに来た」

「え、どうして？」

過保護な父だが、就職してからは一人前と認めてくれたのか、帰り時間にそこまで敏感ではなくなっていたし、彩乃が頼まない限り迎えに来るようなことはなかったのに。

父は強面の顔に、笑みを浮かべる。

「最近はこの辺も物騒になったからな。今日は晩酌をしていなかったから迎えに来たんだ」

「もう子供じゃないのに大袈裟だよ……でも、ありがとう」

彩乃は笑みをつくって感謝を伝える。

「何かあったのか？」

ショックな気持ちは隠していたつもりなのに、父は彩乃の様子に違和感を持ったのか心配そうに尋ねてきた。

「……何もないよ。でも蒼士さんとあまり連絡が取れないから心配だなって……仕事だから仕方ないんだろうけど」

彩乃は一瞬迷ってからそう答えた。嘘をついたのは心配をかけたくないということに加え、父の蒼士に対する評価を下げたくなかったからだ。

「そうだな。彩乃が心細く思う気持ちは分かる」

昔から彩乃の嘘なんて簡単に見抜く父だけれど、蒼士と離れて寂しい気持ちは嘘偽りがないものだからか、納得してくれたようだ。

「ただ北条君も心苦しく感じているはずだ。大切な家族に秘密を持つというのは、任務とはいえ悩ましいことだからね」

父の言葉が意外で、彩乃は目を瞬いた。

「お父さんも、お母さんに何も話せなくて、辛かった？　喧嘩《けんか》になったことはある？」

彩乃の問いに父は記憶を探るように目を細くした。

「喧嘩はしなかったな。でも言葉が足りなくて誤解をさせてしまったことはある。それでもここまで支えてくれて心から感謝しているよ」

穏やかなその声には、深い愛情が込められているのだと思った。

「……お母さんもお父さんに感謝してるよ。いつもお父さんは私たち家族のために頑張ってるって言ってたから」

父がまた僅かに目を細めた。それだけの変化だけれど、父が心からの喜びを感じている様子が伝わってくる。

「彩乃も今は辛い時期だと思うが、もう少しの辛抱だ。北条君を信じて待ちなさい」

「うん。頭では分かってるんだけど」

「彩乃の相手に北条君を選んだのは、彼の誠実さと正義感を買ったからなんだ。私の娘と結婚したがる部下は大勢いて、皆一様に会ったこともない彩乃を褒めていたよ。だが、北条君は私に忖度しなかった。彼なら彩乃に私の娘としてではなく、ひとりの女性として真摯に向き合ってくれると思ったんだ」

「そんなことが……」

「だから、北条君を信じて、もう少し待ってやりなさい」

「うん……ありがとう、お父さん」

彩乃は父の言葉に頷いた。


シャワーを浴びて自室のベッドに寝転がった彩乃は、スマートフォンを手に取り画面をじっと見つめた。

蒼士からの連絡は三日前が最後。それきりメッセージひとつない。

彩乃はスマートフォンを置いて目を閉じた。

すると先ほどの衝撃的な光景が頭に浮かび上がる。

蒼士の隣に立つ彩乃とは違い大人びて洗練された女性。自信に溢れ堂々としているように見えた。

ふたりの会話も対等な関係を表すように遠慮がない、親しさを感じるものだった。

蒼士が彼女にかける言葉は、彩乃に対するような優しいものではなかったけれど、その分彼女との距離の近さを感じた。

(蒼士さんはあの女性を本気で好きなのかな?)

認めたくはないけれど、彩乃よりも蒼士のパートナーに相応しいと思った。

そう思うくらい、ふたりの間には対等さがあった。

（私たちの関係とは大違い）

蒼士と彩乃は、恋愛関係で結ばれた夫婦ではない。

彩乃が一方的に彼を想っているだけなのだ。だから蒼士が同じ想いを彩乃に向けてくれなくても仕方がないと思っていた。

（でも、実際目の当たりにするとこれほど辛いなんて）

彼が他の女性と今この瞬間一緒にいると考えると、こみ上げる嫉妬《しっと》で苦しくなる。

仕方がないなんて、どうしても思えない。

目を閉じると、ふたりの姿が浮かび涙が零れてしまうのに。

（どうすればいいのかな……）

父にはあと少しの辛抱だと、信じて待てと言われたけれど、今夜を乗り切るのも難しいくらい胸が痛くて心は騒めいている。

その夜は朝まで眠ることができなかった。


十二月に入り寒さが増す中、彩乃は残業続きの日々を送っていた。

元々忙しい時期に加えて、担当弁護士のひとりが体調不良で入院したため、スケジュールの調整と、他の弁護士への引き継ぎ作業で、事務作業が通常の倍に膨れ上がっていた。

蒼士からはときどき連絡が来るが、まだしばらく別居が続くとのこと。

彼は彩乃が銀座でミナミの存在を知ったことを知らないから、いつもと変わらない態度で接してくる。

でも彩乃は、これまでのように素直に彼からの連絡を喜べなくなってしまっていた。楽しく話そうとしても、どうしても頭の中から、あの夜聞いた衝撃的な会話が消えてくれない。

彼に直接ミナミとの関係を問いただしそうになった瞬間もあった。

でも、結局口にはできなかった。

真実を聞くのが怖かった。知らないふりをしていたら、蒼士と夫婦のままでいられる。でもやっぱり割り切れなくて苦しくて。

そんな風にひとり悩む日々を送っているから、大変なはずの山盛りの仕事に助けられていると感じていた。

「よし、なんとか終わった」

定時後三時間の残業をするようになってから、一週間。ようやく引き継ぎに関する作業が終わり、彩乃は達成感を味わっていた。

「彩乃、今日はもう帰れるの？」

「夏美。うん、引き継ぎ関係は終わったところ」

「それじゃあ、久しぶりに飲みに行く？」

「うん、そうしようか」

彩乃は素早く荷物を纏めてから、席を立った。

夏美と一緒にメイク直しに行く途中に、家にメッセージを送っておく。

「家に連絡したの？　相変わらず真面目だね」

隣にいた夏美が感心したように言う。

「うん。ちゃんと連絡するようにって念を押されてるんだ……出戻りだからなのかな、前よりも厳しくなった感じがする」

「出戻りって、離婚した訳じゃないんだから」

「そうなんだけど……」

現状は、大して変わらないかもしれない。

そんなマイナス思考に陥りそうになり、彩乃は言葉を飲み込んだ。

空調で温かさを保つオフィスビルから外に出ると、身が縮むような寒さが襲ってきた。

「うう……十二月ってこんなに寒かったっけ？　ダウン着てくればよかった」

今日の夏美のコートは、黒いウールのノーカラーだ。

「今日はとくに寒いよね」

「本当！　歩くの嫌だし近くで飲もうか」

夏美は細身の自分の体を抱えるようにしながら、歩き出す。

彩乃はストールをしっかり巻き直しながら後に続いたが、本当に寒い。トレンチコートを着てきたのは失敗だった。

夏美が信号の向こうに見える凝ったファサードのダイニングバーを指さす。

「あの店でいいよね？」

「うん、大丈夫」

彩乃は夏美に返事をしながらも気もそぞろで、キョロキョロと周囲を見回した。

「どうしたの？」

「さっきからなんだか見られているような気がして」

「視線を感じたの？」

「多分……何日か前にも感じたんだけど。見られているような、なんだか嫌な感じがするんだよね。気のせいなんだろうけど」

「やだ。気持ち悪い」

夏美が顔をしかめて、周囲を見回す。

「怪しい人がいるかもしれないと思ったけど、人がいっぱいで分からないね」

「うん……だから私の勘違いかもしれない」

自分は勘が鋭い方ではないと自覚しているし、気配に敏感という方でもない。

それなのに、肝試しのときのような、この場から早く立ち去りたくなる焦燥感を覚え、自然と早歩きになった。

目当てのダイニングバーは、外から中の様子が見通せる開放的な造りの店で、座席数も多めで安心感のある店だ。

空いていたテーブル席に座ると、ほっとした。

「ここまで来ればひとまず安心かな。もう変な感じはないでしょう？」

「大丈夫」

「なんだか気味が悪いよね。蒼士さんか、お父さんには話したの？」

「まだ話してない。気のせいかもしれないのに話したら、ふたりに余計な心配かけちゃうから」

危ない目に遭った訳でもないし、不審な人物が近づいてくるというようなこともない。

ただ、彩乃の直感と言うか、上手く言葉にできない何かを感じるだけなのだ。

「でもさ、証拠も何もない状態で話すのを躊躇うのは分かるけど、早く話しておいた方がいいよ。うちの事務所は個人の依頼が少ないから彩乃はピンと来ないかもしれないけど、ストーカー被害って誰にでも起こることで、私の知り合いの事務所では相談に来る人が多いみたいだから。彩乃も他人事じゃないかもしれない」

「ストーカー？　まさか……」

彩乃は行動範囲が狭い方だし、目を引くタイプではないから、そう言われてもあまりピンと来ない。

(でも、一度なら勘違いかもしれないけど、二度違和感を覚えたんだから、用心した方がいいよね)

警察官僚の娘であり妻である以上、慎重に行動しなくては。

父と蒼士に相談するにしても、もう少し様子を見てからにしよう。

「とりあえず気を付けて過ごしてみる。それでもおかしいと思ったら相談してみるよ。

心配させてごめんね」

「うん。そうした方がいいよ。本当にストーカーだったら、うちの先生にも相談できるしね」

「弁護士が身近だとこういう時に心強いよね」

「それを言ったら家族が警察官の彩乃のセキュリティは万全なんだよね。手を出したら返り討ちにあいそうだもん。でも国家権力すら気にしないぶっ飛んだ人って一定数いるから、本当に気を付けなよ」

「分かった」

「よし。それじゃあ、蒼士さんとのその後を話してもらおうかな。気になってたんだよね」

夏美が深刻な表情からがらりと変わり、にやりと笑う。ミナミの件をまだ話していないから、深刻な状況だと知らないのだ。

蒼士に恋人がいるかもしれないと言ったら、きっと夏美は蒼士に対して激怒して彩乃に寄り添ってくれるだろう。

それでもどうしても言い出せなかった。

（蒼士の口からはっきり聞くまでは誰にも言えない）

こんな状況でも、僅かな可能性に期待しているし、蒼士を悪く言われたくないと思ってしまうのだ。

「……私よりも夏美の方はどうなの？　先生を誘ったって言ってそれきりだよ」

「だって、進展がないんだもの。結構いい雰囲気になったんだけどなあ。ガードが固くてさ」

同じ事務所の弁護士に恋をしている夏美は、両想いになるために頑張っているところだ。

彩乃の目から見ても仲がよいように思えるので、そのうち上手くいく気がする。

お酒を飲みながら明るい話題を楽しんでいるうちに、蒼士との問題や、不穏な気配に対する心配が遠ざかっていった。

夏美と別れてから真っ直ぐ自宅に帰宅した。

久しぶりに賑やかに楽しく過ごしたからだろうか。静かな部屋でひとりになると、胸中に寂しさが広がっていく。

（蒼士さんに会いたいな……声が聴きたい）

今、とても彼と話したい。

そんな衝動に突き動かされて、彩乃はバッグからスマートフォンを取り出した。

呼び出し音がしばらく鳴ってから、切り替わる。

『はい』

「蒼士さん……」

『どうした？　何かあったのか？』

彼の声は優しく、そして労りを感じさせるものだった。

ミナミのことさえなければ、ただ好きでいられたのに。

今も苦しくて仕方ない。でもそれ以上に彼を愛しく思う。

失いたくない。

「ううん。ただ蒼士さんの声が聴きたくて」

彩乃の言葉に、蒼士は驚いたようだった。

『俺も彩乃の声が聴きたいと思ってた』

それでも優しい声で答えてくれる。それが〝愛〟ではなく〝気遣い〟だとしても、嬉しく感じてしまうのだ。

今夜の蒼士は少し時間が取れるようで、他愛もない話に付き合ってくれる。

しばらくすると蒼士が言った。

『今日、移動中に彩乃が好きそうなカフェを見つけたんだ。今度連れていくよ』

「本当に？　どんなカフェなんですか？」

『白い珪藻土《けいそうど》の壁に、モスグリーンのドア。ドアには黒猫の形のドアベルがついていた。カフェ内を臨める大きな窓の枠はダークブラウン。店内の壁は白で沢山の観葉植物があった。ナチュラルな印象で以前彩乃が好きだと言っていたカフェと雰囲気が似ていたんだ』

どんなメニューがあるのか聞いたつもりなのだが、蒼士は生真面目にカフェの外観を説明しはじめた。

通りがかりに見つけた割に詳しく、しかも中の様子までチェックしている。

(蒼士さん、どんな顔で観察してたのかな……きっと真面目な顔かな？　同僚の人が一緒だったのなら任務に関係していると思ったかも)

そのときの彼の様子を想像すると面白い。それに彼が離れているときに彩乃を思い出してくれたことを知り嬉しくなった。

彼の中に彩乃の存在が、少しはあるのだと分かったから。

「今から行くのが楽しみです。私は今日仕事中にすごいことがあったんです。事務所で裁判の結果に納得できないクライアントが大暴れして、警察まで呼ぶことになって」

『大丈夫だったのか？』

蒼士の声が途端に心配そうなものになる。

「私は直接関わっていないから大丈夫ですよ。それにすぐ警官が来てくれて、暴れている人を素早く取り押さえてくれたので。すごいなと思ったけど、改めて警察官は危険な仕事だと思って……蒼士さんも気を付けてくださいね」

彩乃の職場にやって来た制服警官と蒼士の仕事は違うのだろうけれど、それでも警察官である以上は、いざという時は、一般人を守り自らが盾とならなくてはならない。

『心配してくれてありがとう。気を付けるようにする』

「うん。それから……」

『蒼士！』

彩乃が言葉を続けようとしたとき、電話の向こうから蒼士を呼ぶ女性の声がした。

その瞬間、彩乃の胸がずきりときしむ。

それまで感じていた喜びが、瞬く間に冷めていくのを感じる。

『こんなところで何しているの？　あちこち探したんだからね！』

彩乃が黙ると、女性が駆け寄ってきたのか、すぐに声が大きく聞こえるようになった。

（この声……もしかしてミナミさん？）

女性にしては低い特徴がある声は、あの夜聞いた声に似ている気がする。
『なんだ？』
蒼士の素っ気ない声がする。スマートフォンを離したのか、少し声が遠くなった。
『うちの課長が蒼士を探してるの。新情報が入ったみたい……って電話していたの？』
女性の責めるような声に彩乃は思わずびくりとしたが、蒼士は平然と言い返す。
『すぐ行くから、先に戻ってくれ』
『え？　一緒に行けばいいじゃない』
『いいから』
蒼士が冷たく言うと、女性が去っていったのか、電話の向こうに静けさが戻る。
しばらくすると、再び蒼士の声がした。
『話を中断してごめんな』
「あ、ううん。大丈夫。私こそ仕事の邪魔をしてしまったみたいでごめんなさい」
『邪魔な訳ないだろ？　でもそろそろ仕事に戻らないといけない』
「はい……あの、蒼士さん今の……」
女性……ミナミさんはあなたにとってどんな人なの？
喉元まで出かかった言葉を、彩乃は飲み込む。

聞く勇気がどうしても持てない。

『どうした？』

「ううん、なんでもない」

『そうか。それじゃあ、また近いうちに連絡するから』

蒼士が早口で言った。

「分かった。仕事頑張ってね」

『ああ』

通話が切れる音がすると、彩乃は溜息を吐き項垂《うなだ》れた。

（蒼士さん、相変わらず忙しそうだな……私も警察官だったら、一緒に働いてサポートができたかもしれないのに）

警察官僚の父を持ちながら、彩乃が警察官を目指さなかったのは、運動が苦手で、のんびりした性格の自分には向いていないと思ったからだ。

父も同じように考えていたようで、薦められたことは一度もない。

だから今更考えても意味がないのだけれど、厳しい環境で一緒に働くミナミと自分を比べて、そんな考えが浮かんでしまう。

（蒼士さん……）

今頃、彼女と一緒に仕事をしているのだろうか。

彩乃はずきずきと痛む胸を押さえて目を閉じた。


十二月半ばを過ぎ、街並みは年末を迎える忙しなさに包まれている。

仕事を終えてオフィスビルから出た彩乃は、寄り道をせず駅に向かう。

行動に気を付けて過ごしているため隙がないからなのか、以前気になっていた不審な気配は感じない。誰かにつけられているような感覚に陥ることはなく至って平和だった。

(やっぱり私の勘違いだったのかもしれないな)

蒼士と父に話して、余計な心配をかけなくてよかった。あとは蒼士との問題を解決できたらいいのだけれど。

彼との関係は、相変わらずだ。

ただ彼は彩乃の態度の変化に気付いている。

強引に聞き出したりはしないけれど。かなり心配させてしまっているのが分かる。

(もうこれ以上目を逸らす訳にはいかない)

真実を知るのはとても怖いけれど、現実と向き合わなくては。

（蒼士さんの心が見えたら、こんなに悩まないで済むのに……）

ずっとそう思い悩んでいた。

でも、ふいにいつか父から聞いた言葉を思い出したのだ。

『喧嘩はしなかったな。でも言葉が足りなくて誤解をさせてしまったことはある。それでもここまで支えてくれて心から感謝しているよ』

言葉が足りない……まさに自分にも当てはまることだと思った。

（私は蒼士さんに何も伝えてない）

彩乃が蒼士の気持ちが分からないように、彼だって彩乃の心を読めない。

変化に気付いても、全てを察するなんて不可能で彼だって悩んでいるかもしれない。

そんな簡単なことに、今まで気付いていなかった。

パリで出会ったとき、彩乃は蒼士に素直な気持ちを打ち明けられた。弱音を吐いて彼に励ましてもらい、彼への好意が大きくなった。

彼も彩乃に辛かった過去を話してくれた。あのときのふたりは、言葉にできるような関係ではなかったのに、たしかにお互い心を通わせ合った。

それなのに夫婦になった今、逆に心を隠してしまっているなんて。

今の関係性を壊したくなくて臆病になっているからだ。蒼士は違うかもしれないけ

よう)

れど、彩乃はそうだ。

(次に会うとき、蒼士さんとちゃんと話をしよう。そしてあの女性のことも聞いてみよう)

　傷つく結果になるかもしれない。

　それでも勇気を出そうと決めた。


　彩乃はキーボードに走らせていた手を止めて、ぐっと伸びをした。担当の弁護士から指示された、英文レターを作り終えたところだ。

　英語の勉強を続けているものの、やはり苦手意識がぬぐえない。それでもなんとか形になってよかった。

(あとは明日の午前中にトランスレーターにチェックをしてもらって……今日のタスクはもう終わりかな)

　時刻は午後七時十分。予想よりも早く終わったけれど、水分も取らずに集中していたせいで喉がカラカラだ。

　お茶を飲んでから帰ろうと、職員用休憩スペースに向かう。

　執務フロアを出て左に進むと休憩スペースやトイレなどがある。右に進むと受付と相談室などがあるのだが、ちらりと右側に視線を向けたとき、受付終了時間だというのに人影を見つけた。

受託中のクライアントから受付終了後の面談を希望され受けるときもあるが、その場合誰かが迎えに出るから、約束をしている訳ではないだろう。

（受付時間を知らないで来た人かな？）

彩乃は休憩スペースに向かうのを止めて、用件を聞くために受付に向かった。

受付カウンターの前に居たのは、グレーのスーツ姿の男性だった。人が近づく気配に気付いたのか、男性が彩乃に顔を向けた。

どこかで見た覚えがあるような気がする。

目が合った瞬間、彩乃は驚き目を見開いた。

「佐藤さん？」

そこに居たのは、蒼士の上司。見合いのときにも同席していた佐藤だった。

（どうして佐藤さんが？）

彩乃は小走りで彼に近寄った。

「ああ、彩乃さん、よかった」

もしかしたら蒼士に何かあったのかもしれない。慌てる彩乃に、佐藤は礼儀正しく頭を下げる。

「ご無沙汰しております」

彩乃も彼の前で立ち止まり礼をしたが、すぐに顔を上げて問いかける。

「あの、蒼士さんに何かあったんでしょうか？」

蒼士の上司が彩乃に会いに来るというのは、ただ事ではない。

「彩乃さんを迎えに来ました。本来なら北条君が来るべきだが、今彼は来られる状況じゃないので」

「えっ？……もしかして任務中に怪我でも？」

連絡が入っていただろうか。すぐに着信履歴を確認したいがあいにくスマートフォンは、自席に置いてきてしまった。

「無事ですが、北条君は今特殊な任務で外部との連絡が取れない状況なんです。だから彩乃さんと面識がある私が代わりに迎えに来たんですよ」

「そうなんですね……でもなぜ私を迎えに？」

蒼士に問題がないのなら、彩乃が呼ばれる理由はないと思う。

「詳細は申し上げられませんが、北条君の任務の関係で家族も保護する必要があると判断しました。あまり時間がありません。安全な場所に移動しますので、申し訳ありませんがすぐに用意をして同行願えませんか?」

「わ、分かりました……」

彩乃は動揺しながらも頷いた。

事情は不明だが、自分の存在が蒼士の弱点になる状況なのかもしれない。それならば足手まといにならないように、指示に従わなくては。

「もう帰れますのですぐに荷物を取ってきます!」

踵を返して執務フロアに向かう。そのときふと疑問が頭をかすめた。

(このこと、お父さんは知っているのかな?)

考え込みそうになったとき、佐藤の急かす声がした。

「彩乃さん、申し訳ないんですがなるべく急いでもらってもいいですか? 先ほども言いましたが時間がないもので」

「はい、すぐに戻ってきます!」

彩乃はバッグとコートを持ってくるために、大急ぎで自席に向かう。

「滝川さん、ご飯食べて帰ろうって話してたんだけど、一緒に行かない?」

途中で、先輩秘書の女性に声をかけられた。

「あ……すみません、今日は急いでいて、また次の機会にご一緒させてください」

「そうなんだ、残念だけど仕方ないわね」

「すみません、迎えが来ているので失礼します」

先輩に早口で告げるとコートを羽織りバッグを片手に、五分とかからず先ほどの受付に戻った。

「お待たせしました」

「では行きましょうか」

「はい。ご面倒をかけますがよろしくお願いします」

「かまいませんよ。さ、乗ってください」

佐藤に促されてエレベーターに乗る。

「一階じゃなくて地下をお願いします」

彩乃が一階のボタンを押そうとするのを、佐藤が止めた。

「地下は駐車場しかありませんけど……あ、車でいらっしゃってますよね」

オフィスビルの地下には、ゲスト用の広い駐車スペースがある。

一般的な営業時間を過ぎているからか、車はまばらだった。

佐藤が黒いセダンの前で立ち止まり、助手席のドアを開いた。

「どうぞ、乗ってください」

「はい」

彩乃は言われるがまま、助手席に乗り込んだ。

（この車は覆面パトカーなのかな？）

パトカーに乗った経験がないから分からないが、一見普通の車に感じる。

彩乃がシートベルトをすると、すぐに車が発進した。

なだらかなスロープを上り地上に出る。時刻は七時三十分。あたりはすっかり暗くなっている。

「彩乃さん、お疲れのようですね。少し時間がかかるので寝ていてもいいですよ」

「お気遣いありがとうございます。ですが大丈夫です」

彩乃は笑顔で返事をした。

佐藤が言うように疲れてはいるが、夫の上司に迎えに来てもらっているのに寝るなんて失礼なことができる訳がない。

しっかり目を開けて前方を見つめる。

とくに違和感はない順調なスタートだった。

けれど、それから十五分が過ぎた頃に、彩乃は違和感を抱きはじめていた。

（そう言えば移動に時間がかかるって言ってたけど、どこに向かってるんだろう）

保護をすると聞き、てっきり警視庁かまたは関連施設に向かうのだと思っていた。

または父がいる自宅かと。けれど今向かっている方向はそのどちらでもない。

道路混雑か何かで、彩乃が知らないルートを使っているのだろうか。

彩乃は運転中の佐藤を、ちらりと横目で見遣る。

彼は穏やかな表情で、真っ直ぐ前を向いていた。おかしなところは何もない。けれど、なぜか先ほどまでと違い気安く話しかけづらいと感じる。

(なんだか……嫌な感じがする)

佐藤が警察官なのは間違いない。

(佐藤さんは蒼士さんの上司だし、お父さんがお見合いに同席させるような信用できる人なんだから、大丈夫なはずだけど)

それなのになぜ、こんなに胸が騒めき落ち着かない気持ちになるのだろう。

しばらく待っても、なんの説明もしてくれない佐藤に、彩乃は勇気を出して声をかけた。

「佐藤さん、あの、目的地はどこなんでしょうか? 警視庁ではないようですけど」

緊張からか、少し硬い声になってしまった。

佐藤は返事をしなかった。

（聞こえなかったのかな？　でもわりと大きな声で言ったけど）

まさか無視されたのだろうか。

いやそんなはずはないと、彩乃は次の言葉を探して視線を彷徨《さまよ》わせる。

しばらくして信号待ちで車が停まると、佐藤は体ごと彩乃の方に向き口を開いた。

「実は彩乃さんに付き合ってもらいたいところがあるんですよ」

言い終えると、佐藤はにやりと笑った。その瞬間彩乃はざわりと肌が粟立つような不快感に襲われた。

「あ、安全な場所に移動するんじゃないんですか？」

尋ねる声は、自分でも驚くくらいに掠《かす》れていた。

「それは着いてからのお楽しみにしましょう」

「……お楽しみ？」

彩乃は呆然と呟いた。

やはり佐藤はどこか変だ。蒼士の上司だとしても信用できない。

強い不安がこみ上げて、彩乃は大きな声を上げた。

「すみません。私行きません。ここでいいから降ろしてください！」

佐藤についていく訳にはいかない。

この車は、きっと安全な場所になど向かっていない。

「駄目ですよー。箱入りのお嬢様をこんなところに置いていける訳ないでしょ。そんなに慌てないでゆっくりしていてください」

彼のイメージが崩れるふざけた回答だが、彩乃はそれ以上何も言えなくなった。

自分が今、危機的状況なのだと確信したから。

佐藤は味方なんかじゃなかった。彼についてきてはいけなかったのだ。

(どうして？　佐藤さんは蒼士さんの上司でお父さんとも知り合いで……)

信じては駄目だったのだ。

彼についていく前に、蒼士か父に連絡をして確認を取るべきだった。

急いでいる佐藤を待たせてはいけないと思って、メッセージひとつ送る時間を惜しんでしまったのは取り返しがつかないほどの失敗だった。

でもそれこそが、佐藤の狙いだったのかもしれない。

車内に沈黙が訪れる。

彩乃も佐藤も決定的なことは口にしていないが、お互いの態度で言わなくても分かる。

佐藤は正義の警官などではなく、何かよからぬことを企む人だ。そして佐藤は彩乃が、その正体に気付いたことを察している。

佐藤の顔に浮かぶ微笑みが、酷く不気味なものに感じる。

彩乃はごくりと息を呑んだ。

(落ち着かなくちゃ。なんとか車から降りて逃げないと)

けれど現役警察官を相手に、そんな真似が可能なのだろうか。

車は引き返す様子なく一般道を真っ直ぐ進む。標識を見ると千葉《ちば》方面に向かっているようだ。

どこに行くか予想もつかないが、慣れ親しんだ場所から遠くに向かうと思うだけで不安がこみ上げる。

蒼士ともどんどん距離が開いていく。

しかししばらくすると渋滞に嵌《はま》り、車が速度ががくんと落ちた。

事故でも遭ったのだろうか、交通の流れが滞り、のろのろとしか進まない。

(もう少しスピードが落ちたときに、素早く飛び出すしかない)

道路混雑が終わって、スピードに乗ったら逃げられなくなる。

幸い助手席側のすぐ先は歩道になっている。飛び降りたら多少は怪我をするかもしれないけれど、このまま行先も分からないまま連れていかれるよりはきっとましなはず。

緊張のあまり心臓がどきどきする。それでも逃げ出すチャンスは今しかない。

時速十キロ程度で進んでいた車体がぴたりと止まった。

（今だ！）

彩乃はすばやくシートベルトを外して、ドアロックに手をかけた。

そのままドアを開けて外に飛び出そうとしたとき、肩をぐいと掴まれる。

「きゃあ！」

驚くくらい強い力で、無理やり引き戻され、シートに背中を叩きつけられた。

「いっ……」

（痛い……）

顔をしかめる彩乃に、佐藤がすごむ。

「動いている車から飛び出すなんて、死にたいんですか？　大人しくしていろ！」

穏やかな仮面を脱ぎ捨てた彼の険しい顔に、彩乃は恐怖を感じ目を瞠《みは》る。

唇が震えて声が出ない。

「次に馬鹿な真似をしたら、こんなものじゃ済まないからな」

完全な脅迫だが、ショックを受けた彩乃に言い返す気力は残っていなかった。それに脅されなくても、もう一度飛び出すのは無理だと分かっている。

佐藤の警戒は強くなっただろうし、恐怖からか体がすくんで上手く動かない。

イライラしているからか、佐藤が貧乏ゆすりをしはじめた。

彼の顔からは笑みが消えて、代わりに怒りが表れている。僅かな余裕もない、過剰に空気が入った風船のような危うさを感じさせるものだ。

渋滞の原因が解消されたのか、車が動きはじめてしまった。

目的地は目前だったようで、通りを外れて細い道に入っていく。途中のコインパーキングに侵入する。

佐藤の機嫌は最悪で今にも激高するのではないかと、ハラハラしていたそのとき、彩乃のバッグが振動しバイブレーションの音がした。

彩乃ははっとして慌ててバッグを開ける。

規則的な振動が、窮地の彩乃を探すシグナルのように感じたのだ。

けれどスマートフォンを手にしたそのとき、脅すような低い声をかけられた。

「待て。誰からだ？」

彩乃に対して丁寧だった頃の彼を、もう思い出せないほどの高圧的な言い方だった。

彩乃は画面を確認した。スマートフォンを持つ手が震えている。

「……蒼士さんからです」

チッと佐藤が舌打ちをした。

「スピーカーで出て、いつも通りに話せ。違和感を持たせるな。当然余計な発言はするなよ。ひと言でも俺の名前を出したら、ただじゃおかない」

それは明確な悪意だった。彼はもう彩乃を上官の娘としても部下の妻としても扱っていない。

逆らったら本当に危害を加えられる。そう改めて確信し目眩を感じながら口を開く。

「で、でも……真っ直ぐ家に帰ってないのが知られたら、何を言っても変に思われる」

「友達と遊びに行くとでも言えばいい。よくつるんでる職場の女がいるだろ。痛い思いをしたくないなら上手く誤魔化せ。早く出ないと不信感を与えるぞ」

(夏美のことまで知ってるの？　どうして？)

その瞬間、はっとした。

何度か感じた不審な視線。つけられているような不気味な感覚。

(あれは、佐藤さんだったの？)

実際のところは分からない。けれど彩乃の中の佐藤への恐怖はますます強まる。

彩乃は息苦しさを感じながら、画面をタップした。

『彩乃？』

すぐに蒼士の声が車内に響いた。

それだけで胸がぎゅっとなって、泣きたくなる。今すぐ助けてと言ってしまいたい。

「……蒼士さん」

『今、話せるか？』

蒼士の声は穏やかだった。静かな場所にいるようで、彼の声以外は聞こえてこない。

横目で佐藤を確認すると、彼は眉間にしわを寄せて画面を睨んでいる。どう見ても部下からの電話に対する表情ではない。

「は、はい」

佐藤が彩乃を小突き、声は出さずに「返事をしろ」と訴えてきた。

『今はどこにいる？』

「あの……今は外なの。その……夏美と急に飲みに行くことになって」

『夏美さんと？　しばらくは仕事以外の外出を控えると言ってなかったか？』

先日、当分は仕事が忙しくて事務所と家の往復だと話したからだろう。

「あ、そうなんだけど、ストレスが溜まっちゃって」

返事をしながら必死に考える。

(なんとかして蒼士さんにこの状況を伝えなくちゃ)

佐藤に気付かれずに、蒼士が異変を感じ取ってくれるように。

『どこで飲んでるんだ?』

蒼士の声が返ってきた。なんとか会話を続けなくてはと彩乃は考える。

(どうしよう……)

体に汗が浮かび、背中をつっと流れ落ちる。

彩乃はパーキングに停車した車の中から、周囲を見回した。

馴染みがない場所で、自分の正確な位置すら分からない。

(何か……何か手がかりが)

一車線の通りで、歩道との間には街路樹が整然と並んでいる。

歩道の向こうには南欧風の住宅が続いている。これといった特徴がないことに絶望していたそのとき、目を引く光景が飛び込んできた。

白い壁に緑のドア。珍しい形のドアベル。

(あれは……この前蒼士さんが言っていたカフェじゃない?)

あのとき彼が話していた言葉が蘇る。

『今日、移動中に彩乃が好きそうなカフェを見つけたんだ。今度連れていくよ』

『本当に？　どんなカフェなんですか？』

『白い珪藻土《けいそうど》の壁に、モスグリーンのドア。ドアには黒猫の形のドアベルがついていた。カフェ内を臨める大きな窓の枠はダークブラウン。店内の壁は白で沢山の観葉植物があった。ナチュラルな印象で以前彩乃が好きだと言っていたカフェと雰囲気が似ていたんだ』

（蒼士さんはきっとここを通ったんだ！）

彩乃は急ぎ口を開く。

「場所は言いたくない……私だってたまには自由にしたっていいでしょ？」

佐藤に気付かれないように、蒼士に違和感を持って欲しくて、彩乃らしくない傲慢に聞こえる言い方をする。

『……彩乃、どこにいるか言うんだ』

蒼士の声が一段と低くなった。彩乃は身が縮むような怖さを感じながら、無理やり明るい声を出す。

「……黒猫のドアベル」

『…………』

蒼士は何も答えない。電話の向こうは怖いくらいの沈黙だった。

「……それじゃあもう切るね。今日はまだ帰れないから！」

佐藤に「早く電話を終えろ」と圧力をかけられて、彩乃は無理やり通話を終わらせた。

どうか伝わって欲しい。祈るように願うが、会話ができたのはあまりに短い時間だったし、その後すぐにスマートフォンとバッグを取り上げられてしまう。

それからは徒歩で移動をした。

途中で隙を見て逃げようかと考えたけれど、佐藤は警察官だけあって隙はなく、逃げるチャンスは一度も訪れなかった。

「門を開けて玄関に入れ」

佐藤がそう言ったのは、古さを感じる一戸建ての前だった。

レンガ造りの壁が敷地を囲み、正面には焦げ茶の門。表札は見当たらなかった。

彩乃は言われた通りに門を開いた。門から玄関まではそう遠くないのに雑然としていて、背が高い雑草が生えている。

主が居なくなって長い時間が過ぎているような印象だが、玄関の灯りが人が暮らす家だと示していた。

（ここは誰の家なんだろう）

警戒する彩乃の前に、佐藤が立った。手はいつの間にか鍵を握っている。

鍵穴に鍵を差し、ドアを開いた。

玄関からは家の中に向かって真っ直ぐ廊下が延びている。目を伏せると足元には、沢山の靴が乱雑に並んでいて、人が暮らしている生活感がある。

佐藤に引きずられるようにして、玄関で靴を脱ぎ短い廊下を進んだ。正面の扉の先は、空き巣でも入ったのかと思うくらい乱れており、彩乃は大きなショックを受けた。

「しばらくここで大人しくしてろ」

佐藤はそう言うと、どこからか持ってきたビニールテープで、彩乃の腕を後ろ手に縛ってしまった。

手の自由を奪われ、絶望的な気持ちになる。

こみ上げる恐怖で、気が遠くなりそうだった。

七章　危機　蒼士ｓｉｄｅ

午後二時過ぎ。蒼士は滝川次長に呼ばれて永田町《ながたちょう》の日本料理店を訪れた。

「お待たせして申し訳ありません」

案内された個室には、滝川次長だけでなく、次長補佐を務める佐伯《さえき》も同席していた。

長テーブルの上座に滝川次長、テーブルを挟み佐伯が着席している。蒼士は佐伯の隣に腰を下ろした。

「北条君、久しぶりです。相変わらずですね」

「……佐伯先輩もお変わりないようで」

蒼士と佐伯は出身大学と学部が同じで、入庁以前からの顔見知りだ。

独特な雰囲気を持ち、慣れるまでコミュニケーションをとるのが難しいが、頭脳体力共に優れた人物だ。

蒼士と違い問題を起こさずエリートコースを驀進《ばくしん》しており、将来は警視総監に上り詰めるだろうと言われている。

滝川次長が切り出した。

「北条君から報告をもらっていた通り、彩乃の跡をつけている人物が存在していたようだ。実家に戻ってから私が側にいるときも気配があったので、佐伯君に調査を頼み今から報告を受けるところだが、彩乃の件なので北条君も知っておくべきだと思って来てもらった」

「ありがとうございます」

蒼士は滝川次長に礼をすると、口を閉ざし佐伯の報告を待つ。

佐伯が静かに口を開いた。

「昨日、彩乃さんの跡をつけている人物を突き止め確認しました」

蒼士は目を瞠った。特定に至っていたとは。佐伯を急かしたい衝動を抑えて続きを待つ。

「次長と北条君が懸念されていた事件関係者ではなく、高校生の男子でした。事情を聞いたところ、つけていたと認めたため、保護者に連絡をしエスカレートした場合、逮捕も有り得ると説明しました」

「高校生？」

全く予想していなかった展開に、蒼士は思わず声を上げてしまった。

滝川次長も、唖然としている。

「彼は彩乃さんが勤務されている法律事務所の近くの飲食店でアルバイトをしており、食事に来た彩乃さんにひと目惚れをして、跡をつけまわしていたようです」

「はあ……どうしてそんな子供が。その子から見たら彩乃は遥かに年上だろう」

滝川次長が深い溜息を吐く。

「大学生のアルバイトだと思っていたそうです」

「まあ……彩乃はどちらかと言うと童顔だからな」

蒼士は心の中で相槌を打った。たしかに彩乃は可愛い。

「保護者を巻き込んだことで反省したようです。しばらく様子を見る必要はあるでしょうが、エスカレートする可能性はかなり低いと思います」

「そうか……佐伯君、ありがとう。念のためもうしばらくは注視しておいてくれ」

「はい。手配をしておきます」

「忙しいところ悪いが頼むよ。私もこれから報告会議に出席しなくてはならない。先に失礼するが君たちはしっかり食事をしていくように」

滝川次長はきびきびした動きで個室を出ていった。

「佐伯さん、彩乃の件ですが、高校生以外には不審人物はいませんでしたか？」

蒼士の問いに、佐伯が僅かに目を細める。

「いませんでしたが、何か気になることでも？」

「滝川次長から聞いているかと思いますが、俺が側にいるときに、何者かにつけられたことがあります。場所は東京駅の地下街。尾行になれている者の仕業で、ターゲットは俺だと判断していました」

佐伯が蒼士の目をじっと見ながら頷いた。

「そうですね。だから北条君は別居を決断したと聞きました」

「彩乃をつけていたのが本当に高校生ならその方がいいんです。対処のしようがいくらでもあるので。ですがもしそうではなかったら……佐伯さん、その調査の詳細を確認させていただけませんか？　また警戒も今日一日は続けていただきたいんです」

「構いませんよ。すぐに報告書を用意させます」

「佐伯さんの調査を疑っている訳ではありません。ただ妻に関する件なので慎重になっています。気を悪くしたら申し訳ありません」

佐伯は滝川次長から絶大な信用を得ている。そんな彼の仕事に異議を申し立てるのは気が引ける。気まずそうにする蒼士に、佐伯はいいえと首を横に振る。

「評価してくれるのは嬉しいですが、買いかぶり過ぎですよ。君の方がよほど優秀でしょう。だから次長は大切なお嬢さんの相手に北条君を選んだのだと思いますよ」

「まさか。俺の評価は佐伯先輩も知っているでしょう?」

「ええ。内部告発をして同僚を売ったと。あの件は残念でしたね。不正に関わっていたのが同じチームの上役だったから、秘密裡に対処することも、事前に根回しすることもかなわず、君の悪い噂だけが広がってしまった」

佐伯はかなり詳しく、蒼士の不正告発について知っているようだった。

「でも北条君の正義感を評価している人はいたんですよ。それが滝川次長です。以前から誠実な若者だと言っていました。佐藤課長の推薦で見合い話が進んだと思っているのかもしれませんが、それがなくてもいずれ話はあったでしょうね」

佐伯の淡々とした語りから、なぜか好意のようなものを感じる。

「僕も北条君の勇気を尊敬しているんですよ」

「……意外でしたが、お礼を言っておきます」

「どういたしまして」

会話が終わり、室内がシンとする。相変わらずコミュニケーションが取り辛いが、気まずさはない。

静かな中で冷めかけた料理を口に運ぶ。

「早く事件が解決するといいですね。新婚なのに別居だなんて不幸ですから」

佐伯が突然思い出したように言った。

次長の信頼を得ている彼は、内情にだいぶ詳しいようだ。

「近いうちにけりがつくはずです」

「なるほど。それは楽しみです、期待していますよ」

「はい」

蒼士は答え、室内の時計に目を遣った。あと少しで午後三時になろうとしていた。

捜査二課に戻った蒼士は、席に着きながらさり気なく佐藤の席を見遣った。姿は見えず、いつもは席に置いてあるノートパソコンもない。

不意に緊張感がこみ上げ、蒼士は落ち着くために深く息を吐いた。

今日、佐藤を試すために罠を仕掛けた。今から三時間前のことだ——。

蒼士は佐藤を、会議室に呼びだした。

他の者の目を気にしているのだと察した佐藤は、すぐに蒼士についてきてくれた。

『どうしたんだ？』

そう言って蒼士の返事を待つ彼は、善良さが滲み出ているような穏やかな表情で、荒事とは無縁の存在のように見える。彼を疑っている自分の方がおかしいのではないかと錯覚しそうになるほどだ。

蒼士は佐藤から目を逸らして、口を開いた。

『奈良野と思われる男を発見しました』

『……本当か？』

穏やかな声だが、目は笑っていない。蒼士の発言に動揺している証のようだった。

『多摩地区の公営住宅です。住民の出入りが激しい団地で、聞き込みをしても有効な情報を得られませんでしたが、捜査員が偶然奈良野を見かけました』

『……そうか。それでどうする？』

佐藤は腕を組み、窓の外に体を向けた。蒼士の顔を見ようとはしない。

『明日の朝、新藤と私で話を聞きに行こうと思っています』

『そうか――』

『この件は極秘扱いでお願いします』

『奈良野の件は他には誰に？』

『情報の流出を防ぐために、現時点では佐藤課長と私と新藤しか知りません。明日の捜査会議で情報共有します』

声を潜めて言うと、佐藤が苦笑いになった。

『おいおい、まさか仲間を疑っているのか？』

『いいえ。ですが慎重に扱うべき情報ですから』

『……分かった。報告はこまめに入れてくれ』

佐藤はそう言い残し、会議室を出ていった。それ以降席を外したままで姿を見かけない――。


佐藤課長が、テレサ通信と内島議員の贈収賄に関わっていると疑惑を持ったのは、小さな違和感がきっかけだった。

彩乃との婚約のきっかけになった彼が、部下の信頼を集める頼れる上司が、犯罪行為に手を染めているなんて、とても信じられなかった。信じたくないと言った方がいいかもしれない。

けれど、疑惑を持ち調べるほど、不自然な点が浮かんでくる。

蒼士が奈良野のもとに向かう正確な日時を知り、先回りをして奈良野を逃がせる人物。三枝の元秘書に捜査の手が届かないように、前もって対処が可能な人物。

捜査データの改竄が可能な者……それは蒼士を除いては佐藤だけだったのだ。

そして彼は本来知らないはずの、見合い時から変化した彩乃の容姿を知っていた。それは佐藤が、捜査の現場指揮を統括している蒼士の動きを監視していたからではないだろうか。

東京駅で跡をつけていたのは、佐藤が依頼した者の可能性が高い。

しかしいくら調べても明確な証拠は残されていなかった。

行き詰まったそのとき、新藤から奈良野らしき男を見つけたと報告が上がってきた。

だから、捜査本部に情報共有をする前の今日に、罠を仕掛けたのだ。

佐藤が本当に裏切り者だとしたら、内島議員の関係者を熟知し三枝からの賄賂にも関わっているだろう奈良野を警察に渡さないために動くはずだ。

蒼士が告げた明日の朝のタイムリミットまでに、奈良野をどこかに移すために接触するはずだ。

佐藤自身が動かなくても誰かに依頼をして必ず奈良野を逃がすはず。

けれど奈良野の部屋周辺は、新藤の部下が見張っており、不審な動きがあればすぐに連絡は入る手筈になっている。

逆に何も動かなかったとしたら、蒼士の考えが間違っていたということになる。そのときは責任を取るつもりで、蒼士は上官の佐藤に嘘の報告をした。

結果はどうなるのか。

仲間を疑い罠にかける罪悪感で苦しく、悩んだ。そんな蒼士に力をくれたのは彩乃だった。

いつか彼女が言ってくれた言葉。

『蒼士さん、今何か迷っているのかもしれないけど、私は蒼士さんは正しい心を持った警察官だと思います。だから自分を信じて欲しい』

その言葉を聞いて決心がついた。彼女には感謝しかない。

心に燻《くすぶ》る罪悪感は消えないけれど、ここでぶれる訳にはいかないのだ。

蒼士は未だ不在の佐藤のスケジュールを確認した。

築地警察署で打ち合わせと記入されている。すぐに築地警察署に連絡をして、佐藤に電話を繋げて欲しいと頼んでみた。

しかし佐藤は、現在築地警察署にはいないという。

時間が過ぎるのを、部下から上がってくる報告書の確認をして費やした。

時計の針が午後五時三十分を指したそのとき、新藤が小走りで蒼士の席にやって来た。

彼は酷く強張った顔で、「現れました」と小声で告げる。

蒼士の心臓がドクンと音を立てた。

確信はしていた。しかし外れて欲しいと思っていたのだ。

手にしていたペンが手から落ちる。額に手を当てる蒼士に、新藤が青ざめた顔で報告を続ける。

「予想していた通り被疑者を連れて出たそうです。気付かれない様に跡を追跡するよう指示しました。俺も今から現場に向かいます」

「分かった。俺は刑事部長に報告に行く」

蒼士は席を立ち、走り去っていく新藤を横目に刑事部長のもとに向かった。


三十分後。刑事部長から佐藤の身柄を拘束し連れ戻せとの指示が出た。

上官を罠に嵌める蒼士のやり方は、結果として事件解決につながったがその過程に問題が多く、後々責任を追及される可能性もあるが、今は佐藤を捕らえることが先決だ。

ところが新藤から、佐藤を見失ったと報告が入った。

『車での移動中に尾行に気付かれたようです。今付近を捜索しています』

蒼士は舌打ちをしたい気分になった。新藤の部下は優秀だが、佐藤の勘のよさはそれ以上だったということだ。

「付近にはいないかもしれない。捜索範囲を広げろ」

『はい』

こちらの手の内を熟知している佐藤なら、新藤たちの捜索範囲をすり抜けるのも可能だろう。

蒼士は自分のパソコンから、都内の交通情報の監視システムにアクセスし、道路状況を確認する。

（多摩《たま》地区から移動するとしたら、彼の立場ならどこに向かう？）

渋滞に嵌って身動きが取れなくなるのは絶対に避けるはずだ。

（山梨《やまなし》方面に向かう道路は事故で渋滞している。北上して埼玉に向かうか南下して神《か》奈《な》川《がわ》に行くか……いや、彼がそんな無意味なことをするのか？）

尾行に気付いたということは、佐藤は自身が疑われていることを察しただろう。奈良野の件が罠だと気付いたのかもしれない。

ただそれならば、なぜ逃亡したのだろうか。

時間をかせいだところで逃げおおせることなど不可能だと、佐藤自身がよく分かっているはずなのに。

蒼士は疑問を覚えながらも、新藤に捜索範囲の指示を入れた。

ひと息吐いたところで時刻を確認すると、丁度七時三十分を指している。

蒼士は彩乃の携帯に電話をかけた。日中佐伯の報告を聞いてから無事を確認したかったが、なかなか電話をかける時間をとれなかったのだ。

かなり長い間呼びだし音が鳴ってから、彩乃の声がした。

『……蒼士さん』

「今、話せるか？」

『は、はい』

「今はどこにいる？」

『あの……今は外なの。その……夏美と急に飲みに行くことになって』

「夏美さんと？　しばらくは仕事以外の外出を控えると言ってなかったか？」

『あ、そうなんだけど、ストレスが溜まっちゃって』

蒼士は違和感を覚え、目を細めた。

彩乃の言葉とは思えなかったのだ。

「どこで飲んでるんだ？」

『場所は言いたくない……私だってたまには自由にしたっていいでしょ？』

また彼女らしくない発言。明らかにおかしい。

なぜ彼女が蒼士に不自然な態度を取るのか。考えられる理由はひとつしか思い浮かばない。

誰かに不本意な言葉を言わされている。もしくは、本当のことを言えないように監視されているか。

誰かに連れ去られている？

（どこにいるんだ？　オフィスは出たと言っていた）

電話の向こうの様子に神経を注ぐのと同時に、画面に表示されている都内の道路マップに目を遣る。

（銀座から定時に帰宅したとして最大で一時間半。どこまで行ける？）

彼女は無防備な面があるが、だからと言って簡単に人についていく人ではない。警察庁次長の娘としての立場は自覚している。

そんな彼女がついていくとしたら信頼する相手――。

浮かんだ考えに蒼士は愕然《がくぜん》とした。

（佐藤課長？　まさか……だが彩乃は彼の顔を見知っているし、俺の上官だと知っている。近づいても疑わないはずだ）

それどころか、丁寧に接するだろう。

行方不明の佐藤。そして不自然な態度の彩乃。

今、彩乃の隣に佐藤がいるかもしれない。蒼士は焦燥感にかられ彩乃から居場所を聞き出そうとしたが、ぎりぎりで口を閉ざし留まった。

この会話を聞いているかもしれない佐藤に、蒼士が気付いたと知られてはいけない。

(何か、手がかりはないのか?)

「……黒猫のドアベル」

その発言にはっとして、キーボードに指を走らせる。

彩乃は今、自分の居場所を知らせているのだと気が付いたのだ。

以前、捜査のために千葉方面に向かう途中に見かけたカフェ。彩乃が好きそうだと思い、彼女に聞かせたことがある。

きっと今彼女はカフェの近くを移動している。

最短の移動ルートを割り出すように指示を出す。

「……それじゃあもう切るね。今日はまだ帰れないから!」

彩乃が早口に言い、電話を切った。

蒼士は椅子を鳴らして立ち上がり、その場を駆けだした。

（彩乃を連れているのは佐藤課長だ！　彼女は彼が裏切り者だと気付いたから、あんな言い方をしたに違いない）

　フロアから出て駐車場に向かう。車に乗り込み発進すると新藤にハンズフリーで電話をした。

『はい』

「佐藤が見つかった。千葉方面に移動している。場所を送るからすぐに来てくれ。俺は先に向かう」

『急行します！』

　蒼士は新藤の端末にデータを送ると、スピードを上げて彩乃を追った。

八章　助けに来てくれたのは最愛の人

見知らぬ家に連れて来られて、どれくらいの時間が経ったのだろう。

部屋の壁に寄りかかる形で座る彩乃は、不安に苛《さいな》まれていた。

部屋には時計がなく、手を拘束されているので、腕時計を確認することもできない。

窓の向こうは真っ暗で、つい先ほどから激しい雨が降り出し、屋根と壁を叩くざあざあと激しい音ばかりが耳に響く。

佐藤はどこかに行ってしまい見張りはいない。玄関まではそう遠くないし、窓には鍵がかかっているけれど、思い切り蹴飛ばせば割ることは可能な気がする。

それなのに、彩乃は動けず、息を潜めて座っていた。思い切って玄関へ逃げて、佐藤が家の中に居たとしたら。窓を割って庭に出たとして見張りがいたら。

不安要素が多過ぎて、行動に移せない。失敗したらもっと酷い状況に陥りそうな気がするのだ。

せめて佐藤がどこにいるのかを確認したいが、雨の音は、家の周囲の気配を消してしまっている。

（蒼士さん……私のメッセージに気付いてくれたのかな？）

優秀な彼なら察してくれたのかもしれない。でもそうだとしても警視庁からここまではかなりの距離がありそうだから、すぐに助けは来ないと思う。

不安で堪らず涙が零れそうになる。そのとき、部屋のドアが突然開いた。

彩乃はびくりと体を震わせて、伏せていた顔を上げる。

「大人しくしていたようだな。扱いやすくて助かる」

佐藤がどこからか戻ってきた。彼はスーツから動きやすそうな黒のTシャツと細身のパンツに着替えをしていた。

そのせいかがらりと印象が違って見える。

佐藤は彩乃の側まで近づいてきて、乱暴に座り込んだ。

「もう少し付き合ってもらう」

「……私をどうする気なんですか？」

ひとりで居る間、佐藤がなんの目的で彩乃を連れてきたのか何度も考えた。

蒼士と父に対する人質か。それともお金目的か。

佐藤はつまらなそうな表情で吐き捨てる。

「北条のせいで困ったことになったんだ。俺はもう終わりだよ」

「終わりって……」

いったい何を言っているのだろうか。

「全て順調だったのに、北条のせいで台なしだ。あの正義感は、周りを不幸にする」

「……警察官に正義感があるのはいいことじゃないですか」

恐怖に怯えているというのに、気付けば反論していた。

佐藤が蒼士を馬鹿にするような口ぶりが、我慢ならなかったのだ。

「何事も理想通りにいかないんだよ。お嬢様には分からないかもしれないが、生きていくには金がいる。ないと生きていけないんだから、どんな手を使っても手に入れるしかないだろう？」

佐藤の言葉はとても警察官から出たものとは思えなかった。お見合いのとき、父と話していた佐藤は、常識があってしっかりした警察官に見えたのに。

「あなたは地位があるし、お金にだって困っていないのに私を人質にして身代金を要求するんですか？」

彼の目的が金銭なら、それしか考えられない。そう考えたけれど、佐藤は彩乃を馬鹿にしたように声を立てて笑った。

「お嬢様はドラマの見過ぎじゃないか？　身代金の要求なんて失敗するに決まってる

だろ。日本の警察は意外と優秀なんだ」

「それなら、どうして……」

「さっきも言ったが、俺はもう終わりなんだ。捕まるのも時間の問題。だったら残された時間で、復讐しようかと思ってね」

「復讐？」

物騒な言葉に心臓がひやりとする。

「俺を認めない滝川次長と、俺が欲しいものを容易《たやす》く手に入れる北条」

佐藤の目付きが鋭くなった。

「俺はあいつとは違って金に苦労して育ったんだよ。キャリアとして入庁し、これで何もかも上手くいくと思ったのに、結婚で失敗した。妻にした女は貧乏神で、気付けば借金の山だ。それに比べて北条は欲のない顔で次期警察庁長官の娘婿になった。不公平だと思わないか？」

佐藤は精神状態がかなり不安定になっているように見えて、彩乃の恐怖がますます強まる。

「で、でも、父に蒼士さんを薦めたのはあなただって……」

彩乃の言葉に佐藤が顔を歪めた。

「薦める訳ないだろ？　滝川次長には北条は仲間を告発した、非常に扱い辛い部下だと言ったんだからな。組織で浮いた人間を誰が娘の夫に選ぶと思う？」

「そんな、酷い……」

蒼士の口から同僚の悪口を聞いたことは一度もない。彼は罪を犯した相手の未来すら心配していた人なのに。

「馬鹿な話だがお前の父親は北条を選んだ。北条は気が乗らないような態度を取りながら、ちゃっかり次長の婿の座に収まり将来安泰だ。俺は結果としてあいつのアシストをしたことになる。それなのにあいつは恩人とも言える俺を今追い詰めようとしてるんだ」

佐藤は興奮しているようで、どんどん声が大きくなっていく。

言っていることは言いがかりでしかないが、佐藤は本当に何もかも蒼士が悪いと思っているようだ。

更に最悪なことに、なんらかの事情で追い詰められて自棄《やけ》になっている。

自棄になった人間は何をするか分からない。

以前、裁判の結果が気に入らないからといって、法律事務所で暴れていた男を思い出した。彼も、人生終わりだと自棄になって逆恨みしていたのだ。

彩乃は佐藤との距離が怖くなった。下がりたくても後ろに壁があるため、身動きが取れない。

怖がっているところを見せたくないのに、体が震えて止まらない。

「融通が利かない正義感で、人を陥れて許されると思うのか？」

「職務に忠実なだけでしょう？　許されないのは正義感がないあなたなのに」

蒼士に対してのあまりの言い様に思わず言い返してしまうと、佐藤は顔を赤くして彩乃を睨みつけた。

「黙れ！」

憎悪に呑まれた佐藤が、彩乃に近づいてくる。

佐藤の手が彩乃に向かって伸びる。

捕まったら何をされるか分からない。恐怖に駆られた彩乃は本能に任せて逃げ出した。

（怖い！　蒼士さん！）

数メートルもしないうちに肩を掴まれ、その場で激しく引き倒される。

「きゃあ！」

左半身を床に打ちつけ、彩乃は無様に倒れたまま呻いた。

佐藤はろくに抵抗できない彩乃の姿が満足なのか、悦に入ったような目をしている。

彩乃を甚振《いたぶ》るのを楽しむその様子にぞっとする。

（蒼士さん！）

恐怖にぎゅっと目を閉じたそのとき、激しい雨音も打ち消すような甲高い破壊音が耳を貫いた。

「北条⁉」

驚愕に満ちた佐藤の叫び声に驚き目を開けると、蒼士が佐藤の動きを封じるように、掴みかかっているところだった。

「蒼士さん！」

彩乃は大きく目を見開いた。

（蒼士さんが来てくれた！）

体中に希望が広がるのを感じながら、身を起こす。

決して安心できる状態ではないけれど、彼が目の前にいるだけで、恐怖が消えて固まっていた体が動きはじめた。

「くそ！　離せ！」

佐藤は必死で抵抗していたが、格闘では蒼士の方に遥かに分があるようだった。

蒼士は流れるような動きで佐藤を制圧すると、声高に叫んだ。

「佐藤！　逮捕監禁罪の疑いで緊急逮捕する！」

「ぐっ！」

佐藤は何か言おうとしたが、抑えつけられた肩が痛むのか、顔をしかめた。

真っ青な顔からは脂汗が滲んでいる。

蒼士は手錠を使って佐藤を室内の支柱に拘束すると、彩乃のもとに駆けつけて両腕を掴み顔を覗き込む。

「彩乃、無事か？」

彼は彩乃の状態を見て思い切り顔をしかめた。

「すぐに外す。少し痛むかもしれないが我慢してくれ」

蒼士が彩乃の腕を拘束するビニールテープを丁寧に外していくが、皮膚に張りついたテープは簡単に外れない。

「痛くないか？」

「大丈夫」

先ほどまでの恐怖に比べたら、これくらいなんでもない。けれど蒼士は暗い声で言う。

「……こんな目にあわせてしまうなんて、本当にごめんな」

彩乃に危害を加えたのは佐藤だというのに、蒼士はまるで自分が悪いと思っているかのようだ。

「蒼士さんは何も悪くないよ。全部あの人が悪くて、蒼士さんのことを逆恨みして……でも怖かった。蒼士さんが来てくれなかったら、今頃……」

佐藤は本気だった。決して脅しだけではなかった。思い出すと恐怖に体が凍りつく。

「安心していい。もう二度と彩乃を傷つけさせはしない」

最後のテープが外れ、ようやく腕が自由になった。

蒼士が彩乃の頭を宥めるように優しく撫でる。大きな手が降りて、無事を確かめるように頬に触れる。

今更気付いたが、蒼士は髪も服も土砂降りに遭った後のように濡れていた。

豪雨をものともせずに、危険を承知でガラスを破り、彩乃を助けに入ってくれたのだ。

彼が目の前に居て、もう大丈夫だと思ったからか、それまで耐えていた涙がこみ上げる。

「うっ……蒼士さん！」

蒼士の胸に夢中で飛び込んだ。ずぶ濡れだからだろうか、彼は一瞬躊躇ったものの、優しく彩乃の背中に腕を回す。

彩乃は安心して、蒼士の胸で涙を流したのだった。

どれくらい時間が経ったのか。遠くからサイレンの音が近づいてきた。

しばらくすると周囲が騒がしくなり、多くの人が室内に流れ込む。

「北条管理官！」

若い男性が近づいてくるのを、彩乃は蒼士に抱かれながら、ぼんやりと眺めていた。

沢山泣いて疲れたからか、思考がぼんやりしているし、体も怠くて上手く動かない。

瞼が重くなり、もうこれ以上目を開けていられない。

「彩乃？」

蒼士の声が遠くに聞こえるが、声が出ない。彩乃は意識が遠くなるのを感じていた。

彩乃が目を覚ましたのは、見知らぬ病院の一室だった。

「彩乃……よかった無事で！」

横たわるベッドの横には母が居て、彩乃の目が覚めたと気付くと泣きそうな顔になった。

「お母さん……」

「体はどう？　痛いところはない？」

「う、うん……大丈夫」

「よかった。でも先生を呼びましょうね」

母が医師を呼ぶ姿を眺めているうちに、ぼんやりした頭が覚醒しはじめ昨夜の記憶が蘇る。

蒼士に抱きしめられて、ようやく安心して……。

「お母さん、蒼士さんは？」

彼の姿がないことに焦り、体を起こしながら母に問う。

「急に起き上がったら駄目よ！　蒼士さんは大丈夫だから安心しなさい」

「彼はどこにいるの？」

「蒼士さんが彩乃を助けて連れ帰ってきてくれたのだけれど、私と入れ替わりに本部に戻ったわ。犯人は捕まったけれど、いろいろ後処理があるみたい。だからお父さんもすぐに来られないの」

「蒼士さんは怪我はなかった？　大丈夫なの？」

「彩乃と違って怪我ひとつないから大丈夫よ。ほら先生が来るからちゃんと休みなさい。その後に説明してあげるから」

母が言い終えたタイミングで、医師がやって来た。

問診で頭を打ったと伝えると、頭から足まで全身の検査をすることになった。

深刻な状態ではなく、打撲が数カ所と擦過傷《さっかしょう》がいくつか。

発熱していることと、精神的なショックもあるため、大事を取ってもう一日入院していくことになった。

その後母から聞いた説明によると、彩乃は応援の警察官が到着してすぐに気を失ってしまい、蒼士がここまで運んできてくれたらしい。

連絡を受けた母が駆けつけるまで側にいて、彩乃を見守ってくれていたそうだ。

「夜には顔を出すと思うわ。すごく心配していたから、無事な顔を見せてあげないとね」

母が言った通り、午後七時。面会時間終了の一時間前に蒼士がやって来た。母は蒼士と入れ替わりで帰宅し、明日の退院時に迎えに来てくれるとのこと。

「ありがとうございます」

蒼士はドアのところまで母を送ってから、彩乃のもとに戻ってきた。

着替えはしたようだが、彼の顔には疲労が色濃く浮かんでいるから、昨夜から一睡もしていないのかもしれない。

そうでなくても、仲間だと信じていた上司に裏切られたのだ。体の疲れよりも、心の傷が深いはず。

「蒼士さん、大丈夫？」

ありきたりな言葉しか言えない自分が情けなくなる。

「ああ、俺は大丈夫だ」

蒼士はそう言いながら手を伸ばし、彩乃の頬に張ってあるガーゼに触れて、顔をしかめた。

「こんな傷を負わせたくなかった」

彼は彩乃に対しても負い目を感じているように見える。

「こんな擦り傷なんてすぐに治るから大丈夫。それより私は蒼士さんの気持ちが心配で……あの人は蒼士さんの上司だったから」

もう何年も前から優しい彼が心を痛めているのを、彩乃は知っている。

「佐藤さんのことはもういいんだ。俺が後悔しているのはもっと早く、けりをつけなかったことだ」

「それは違います。たしかに怖かったけど、蒼士さんのせいだとは思わない。悪いのは罪を犯した人でしょう？　私が怒っているのは蒼士さんを傷つけた佐藤さんで、蒼士さんは何も悪くないから」

「だが……」

「それに巻き込んだって言われるのは寂しく感じる。だって辛い気持ちも嬉しい気持ちも、夫婦として分け合いたいと思ってるから」

大事にされて、蚊帳《かや》の外に置かれるよりも、蒼士の気持ちを話して欲しい。そして一緒に悩んで解決したい。

そんな心からの気持ちが通じたのだろうか。

蒼士が柔らかく微笑み、彩乃をそっと抱きしめた。

「ありがとう。彩乃には何度も力を貰ってるな。俺の一番の幸運はあの日彩乃と出会えたことだ」

囁くような蒼士の言葉に、彩乃は泣きたい気持ちになった。

「本当に？」

「ああ、信じられないのか？」

蒼士の目が悲しそうに陰る。

「だって……」

彩乃は一旦口を閉ざし、深く息を吐いた。それから覚悟を決めて彼を見つめる。

「私……少し前に銀座で女の人と一緒にいる蒼士さんを見かけたんです」

彩乃はぎゅっと目をつぶる。本当はもっと上手く冷静に話を持ちかけたかったのに、口から出たのはあまりにストレートで責めるような言葉だったから。

『銀座で？　あれは……』

はじめは怪訝そうな表情だった蒼士が何かに思い至ったように動揺したように声を大きくする。けれどすぐに冷静な声で続ける。

『彩乃が見た女性は同僚だ。誤解をさせてしまったのなら申し訳なかった』

「同僚なのは知ってるの。ごめんなさい私ふたりの話を聞いてしまって。蒼士さんは覚えていないかもしれないけど、あのとき蒼士さんとミナミさんと言う名前の女性が付き合ってるような話をしていて。だから私、蒼士さんはあの人を好きなのかもしれないって不安になって……」

話しているうちに辛くなり、彩乃は俯いた。

『心配かけて悪かった。彼女とは本当に同僚以上の関係はないんだ。説明させてくれないか？』

真摯に訴える蒼士に、彩乃は頷く。

「彼女は南佐奈《さな》と言って築地警察署の警察官だ。俺とは同期で『警察大学校《けいさつだいがっこう》』時代に知り合ったんだ。それ以降意気投合して、彩乃が言う通り同僚と言うよりは友人と言った方がしっくりくる」

「警察大学……」

警察大学校は警察組織の幹部候補を育成する機関だと聞いている。つまり南も蒼士と同様キャリアのエリートということなのだろう。

同じような立場で同年代なら話も合うだろうし、親しくなっても不思議はない。

「ミナミさんって苗字だったんだ……」

思わず呟いた彩乃に、蒼士が相槌を打った。

「ああ。同期の間ではそう呼んでいるんだ。彩乃が見かけたときは、捜査で協力してもらう必要があり、一緒に居たんだ。個人的に会ってた訳じゃない」

「捜査？」

「ああ。付き合っているって話は、彼女がふざけ半分に言っただけで事実無根だ。言い訳に聞こえるかもしれないがそれが真実だ。彩乃に誤解して欲しくないんだ」

「私、蒼士さんの言葉を信じたいと思ってます……でも私は蒼士さんがどんな仕事をしているか何も知らなかったから。あの人と食事をしに来たのかと思ったの。蒼士さんを見かけたのが銀座の有名なレストランの前だったから」

「あのレストランの支配人に話を聞いていたんだ。だが彩乃が近くに居たことに気付かなかったなんて……警察官として失格だな」

そんな結論になるとは思ってもいなかったので、彩乃は慌てて否定する。

「それは私が咄嗟に隠れてしまったから。ずっと蒼士さんに会いたいと思っていたくせに、あのときは動揺して出ていけなかったの」

「ごめんな。仕事のために別居したのに、そんな場面を見たら驚くのは当然だ」

蒼士は本当に申し訳なく感じているようだった。

彩乃に誤解をさせて自分の行動を後悔している。

真摯な様子は彼の言葉を信じられるものだった。

きっと南とは彼が言う通り仲がよい同僚なのだろう。彩乃にとっての夏美のような存在なのかもしれない。

彼にとって信頼できる同僚が女性なのは、少し嫉妬してしまう。

けれど今は嫉妬して悲観的になるよりも、なぜ嫉妬するのか素直な気持ちを伝えなくては、何も変わらない。

（早く言わなくちゃ）

蒼士に自分の気持ちを素直に伝えると決心していた。すごく勇気がいることで緊張するけれど、勇気を出して……。

「彩乃に伝えたいことがあるんだ」

口を開こうとしたそのとき、蒼士がどこか緊張した様子でそう言った。

気勢をそがれた彩乃は瞬きをしてから、小さく頷く。

「彩乃に余計な心配をかけてしまったのも、その場で問い詰めてもおかしくない場面なのに、彩乃が隠れたのも、俺が彩乃に信頼されていないからだと思う」

「え？　そんなことはない。蒼士さんのことは信頼してます」

意外な彼の発言を、彩乃はすぐに否定した。実際声をかけられなかったのも不安になったのも、信頼の問題ではなく彩乃が自分に自信がないからなのだから。

けれど蒼士は納得いかないようだった。

「いや、俺が自分の気持ちをはっきり伝えていなかったのが悪い」

「え？」

（自分の気持ち？　それって……）

彼は少しの間をおいてから、彩乃が聞き逃さないようにはっきりとした声で言った。

「俺は彩乃を愛してる」

その瞬間、彩乃は大きく目を見開いた。

彼の言葉は確かに耳に届いたのに、すぐには信じることができなかったから。

自分は都合がいい夢を見ているのではないだろうか。

「三年前のパリで初めて会った日から、ずっと忘れられないでいた。彩乃がくれた言葉が心に響いて、気持ちが楽になった。滝川次長から縁談の話が来たとき、俺はまだ結婚なんて考えられなくて、どう断ろうか悩んでいた。でも相手が彩乃だと知り、再会して顔を合わせたら、断るなんて考えられなくなった。他の誰にも彩乃の隣を渡したくないと思ったんだ」

「うそ……」

彩乃はぽつりと呟いた。蒼士本人が言うのだから嘘な訳はない。それでも。

(蒼士さんが私と同じように、想ってくれていたなんて、信じられない……)

「で、でも、蒼士さんはお見合いのときも、そんな素振りは見せなかったし、私と違ってすごく冷静だったから……」

待ち望んでいた再会に、彩乃は胸を躍らせて喜んだけれど、蒼士は顔色ひとつ変えず、平然と彩乃を眺めていた。あのときの落胆は今でもはっきり覚えている。

蒼士は自覚があるようで、気まずそうな顔をする。

「あのときのことは覚えてる。彩乃は俺に笑いかけてくれて、俺も再会できて嬉しかった。以前よりも大人びて綺麗になった姿が眩しく感じて、柄にもなく照れたな……でも彩乃は両親への恩返しのために結婚するだけで、俺に好意はないと思っていたから、自分だけのペースで積極的にいくわけにいかないと思ってたんだ」

「え……そうだったの？　蒼士さん、あのときそんなふうに思ってたの？」

（積極的にこようとしてくれていたなんて……それに私のこと綺麗になったって……）

蒼士の言葉が嬉しくて、顔が赤くなってしまう。

そんな彩乃の心情に気付かないのか、蒼士は言葉を慎重に選びながら話を続ける。

「彩乃にとって突然に感じるだろうし驚くだろうが、これが俺の本心だ。彩乃が誰よりも大切で、守りたいと思ってる。他の女なんて目に入らない。絶対に裏切らない。仕事は……どうしても話せないことはあるが信じて欲しいんだ」

真剣に訴える蒼士の言葉が、彩乃の胸に染み入り、体中に喜びが広がっていく。

嬉しくて、早く彼の想いに応えたいと思うのに、唇が震えてしまってなかなか上手く言葉が出てこない。

感極まったからか、涙が滲んで蒼士の顔がよく見えなくなってしまった。そのせいで蒼士は誤解してしまったようだ。

「ごめん。負担に感じたよな。彩乃に何かを強要するつもりはなく……」

「違うの！　そうじゃなくて、ただ嬉しくて」

「え？」

蒼士が彩乃の真意を探るように見つめてくる。

「私も蒼士さんが好きだから！」

不安で自信がなくて、どうしても言えなかったけれど、ずっとずっと好きだったのだ。

「蒼士さんのおかげで、育ててくれた両親のもとに帰ることができたの。あのとき見失いそうだった大切なことを気付かせてくれた蒼士さんがずっと好きだった。だから別居を言われて悲しくて、そんなときに蒼士さんの隣に他の女性がいるのを見てショックだった。でも、本当は彼女が好きなんだと言われたらどうしようって不安で聞けなかったの。私と結婚するのは出世のためだと思っていたから、自信が持てなくてすごく不安で」

一度告白してしまえば、抑えていた想いが次から次へと溢れてくる。

蒼士はそんな彩乃が流す涙を長い指でそっと拭ってくれた。

「ごめん。心配かけてしまったよな」

とても優しい声で言う。

「うん。本当に心配だった」

大丈夫とは言わなかった。ようやく素直になれた今、ありのままの気持ちを伝えたかったから。

蒼士の端整な顔に喜びが広がっていく。

「二度と不安にさせない。彩乃が嫌になるくらい愛を伝えるから」

真摯で甘やかなその言葉に、彩乃の心臓がドクンと跳ねる。

「ほ、本当に？」

「ああ、本当だ。彩乃に嘘はつかない」

ふたりの距離は、肩が触れ合うほどに近い。

蒼士の腕が伸びて、彩乃を広い胸に抱き寄せた。

あたたかな、その体温に、彩乃の心臓はドキドキと高鳴る。嬉しさと恥ずかしさで動揺する彩乃を、蒼士は優しく見つめ、その端整な顔を近づけた。

ひと際高く心臓が跳ねるのを感じながら、彩乃はぎゅっと目を閉じた。

次の瞬間、唇がそっと触れ合う。それだけで彩乃の頭の中は真っ白になり、もう蒼士のことしか考えられなくなる。

「可愛いな」

まだ慣れていない彩乃の反応に、蒼士が嬉しそうに微笑み、更にきつく抱きしめられる。

「……蒼士さん」

愛しさがこみ上げて、彩乃は蒼士の背中に腕を回した。

(蒼士さんが好き……大好き)

温もりに包まれ、彩乃は幸せを感じたのだった。

想いを伝え合い本当の夫婦になったのだと思うと、嬉しくて、離れがたい気持ちでいっぱいになった。少しでも一緒に居たいし、話したいことが沢山ある。

他愛ない話をしていたとき、彩乃のお腹がぐうと空腹を訴える大きな音を立てた。

蒼士にもはっきり聞こえてしまい、彩乃は顔を赤くしぎゅっと目を閉じた。

(こんなに雰囲気のときに、なんでお腹が鳴っちゃうの?)

蒼士への想いで胸がいっぱいで決して空腹を感じていた訳じゃないのに。せっかくの恋人らしい甘い雰囲気が台なしだ。

彼はくすりと笑い、自分の腕時計を確認する。

「そろそろ八時になるんだな」

どうやらお腹の音については蒸し返さないでくれるようだ。

けれど、面会時間の終わりが近づいている。

（寂しいな……もっと一緒に居たいのに）

彼も同じ気持ちなのか、彩乃の頬を撫で残念そうに溜息を吐いた。

「あ……私も寂しい」

素直に伝えると、蒼士が悩まし気な溜息を吐く。

それから彩乃をそっと抱きしめてささやいた。

「ここが病室じゃなかったら、抱きしめて離さないのに」

「そ、蒼士さん……」

これまでの彼からは考えられない、甘い言葉に彩乃は真っ赤に頬を染めた。

心臓がどきどきとうるさく、ときめきが止められない。

そんな彩乃の顔を見つめて、蒼士が微笑む。

「彩乃が回復して退院したら、もっとたくさん話をしよう。今よりもっと分かり合えるように、ふたりの時間を過ごしていたい」

彩乃は幸せで胸がいっぱいになるのを感じながら、彼の背中に腕を回した。

「私……あの日蒼士さんが私を見つけてくれて、こんなに大切に想える人に出会えてよかった。本当によかった……」

彼にこみ上げる気持ちを分かって欲しくて、心のままに伝えた言葉。本心だけれど我ながら照れるもので蒼士の広い胸で照れて火照った顔を隠していたが、彼によって顔を上げられてしまう。

見つめ合う蒼士の目はとても優しい。言葉にしなくても彼の愛が伝わってくるような気がした。

「愛してる」

ドクンと彩乃の心臓が音を立てる。

「何よりも大切にする。二度と危険な目に遭わせないし俺が一生守るから」

彼の端正な顔に見入っているうちに、そっと唇を塞がれた。

彩乃が連れ去られた日から、一週間が過ぎた。

クリスマス後の街並みは、年末年始を控え、相変わらず賑わい華やいでいる。

彩乃は急ぎ足で、銀座の通りを進み、勤務先の法律事務所が入っているオフィスビルを目指していた。

巨大なビルのロビーには、約束の時間よりも五分早いけれど既に蒼士が待っていた。黒のロングコートを羽織り、姿勢正しく佇む彼は、ただそこに居るだけで人目を引く。

彼を知らない人が見たら、刑事ではなくモデルだと思うかもしれない。

「蒼士さん！」

彩乃は駆け寄り声をかけた。彼はすぐに反応し彩乃を見て目を丸くする。エレベーターから降りてくるはずの彩乃が、エントランスからやって来たから驚いたのだろう。

「どうして外から？」

「先生から急なお使いを頼まれて行ってきたの」

「わざわざ戻ってきたのか？　連絡してくれたら迎えに行ったのに」

蒼士が彩乃の背中に手を添えて、そっとエントランスに向かうように促す。

彩乃が明日蒼士のマンションに戻ることになっている。

実家で過ごす最後の夜ということもあり、蒼士も合わせて四人で食事をすることになっているため、あまり時間がないのだ。

彩乃を軟禁した佐藤が逮捕された後、現役キャリアの不祥事に警察庁は大騒ぎになったそうだ。

被害に遭い関係者となった彩乃にはある程度の説明があったのだが、佐藤は以前から政治家と大企業の贈収賄事件に絡んでいて、警察内の情報を流す対価として大金を得ていたらしい。ところが蒼士に気付かれて、逮捕目前だったとか。

彩乃の前で自棄になり何度も終わりだと叫んでいたのは、そのせいだった。

『逃げきれないと分かっていたから、復讐しようとしたんだな。だが反撃できない彩乃に復讐するのは間違っている。恨んでいるはずの俺のところに来ていたらまだ理解できたかもしれないのに』

蒼士が忌々しそうにそう言っていた。

佐藤は起訴され、この後裁判になるらしい。

彼は既婚者だが、妻は早くも離婚を希望しているとのこと。支えてくれる人がいない、苦しい日々が待っているのが想像できる。

関わっていた贈収賄事件も、佐藤の逮捕をきっかけに、所在不明だった関係者が見つかり、解決に向かっているらしい。

彩乃は詳しいことは分からないが、令和になって最大の贈収賄事件になり、近いうちに連日ニュースで聞くことになるそうだ。

「いろいろあったけど事件が解決してよかった。これで蒼士さんも安心でしょう?」

「そうだな。しばらくは彩乃とゆっくりできるといいが……難しいだろうな」

蒼士は残念そうに溜息を吐く。

けれど彩乃は彼が、残念だと言いながらも真摯に任務を遂行する姿が想像できた。

そんな彼と共に生きていきたい。

彩乃は心のからの笑顔を蒼士に向けた。

「蒼士さん、これからも忙しい毎日が続くかもしれないけど、一緒に頑張ろうね」

彼は眩しそうに目を細め、それから幸せそうに微笑んだ。

「ああ、ずっと一緒だ」

蒼士の大きな手が彩乃の小さな手を包む。彩乃は心まで幸せに包まれたような気がして彼に寄り添った。

END

特別書き下ろし番外編

夫婦の休日

「わあ、最高の眺めだね！」

窓の向こうには、穏やかな海が広がっている。

青い空に陽の光を受けて輝く水面。日常では目にできない光景に、開放的な気持ちになる。

彩乃が巻き込まれた事件解決から四カ月。

忙しく過ごしていた蒼士がようやく連休を取れることになり、二泊三日で国内の観光地にやって来た。

宿泊するのは蒼士が手配してくれた、リゾートホテル。

『ふたりでゆっくり過ごせるホテルにした』と蒼士が言っていた通り、客室は広大な敷地内に点在するヴィラで、プライバシーを重視した造りになっている。

『これまでどこにも連れていってやれなかった分も、彩乃に楽しんでもらいたい』

その言葉通り蒼士は素晴らしい部屋を選んでくれた。

メゾネットタイプの部屋は、一階がリビングで二階がベッドルーム。内装もインテリアも上質で、非日常的なラグジュアリーな空間になっていて、それだけでホテルで最高ランクの部屋だと分かる。リビングから続く庭にはプライベートプールとジャグジーがあり、更には露天風呂までついている。

プールで遊んだ後は、広大な海を眺めながら温泉につかるのもいいかもしれない。ホテルの敷地内には、エステやマッサージ、レストランからバーとなんでも揃っている。

(なんて贅沢なの)

ここで丸二日、蒼士と過ごせるなんて夢みたいだ。

うきうきしながら部屋の中を見て回る彩乃の姿に、蒼士がくすりと笑う。

「気に入ったようでよかった」

「うん、本当に素敵な部屋！　蒼士さんも気に入ったんでしょう？　すごく楽しそう」

彩乃のようにはしゃいだりはしないけれど、さっきから嬉しそうな顔をしている。

蒼士はくすりと笑い、彩乃をそっと抱き寄せた。

広い胸に頬が当たる。ふわりと彼の香がして彩乃の胸はどきどきと高鳴った。

「彩乃が喜んでいる姿を見ていると嬉しくなるんだ」

優しい声と共に、抱きしめる腕の力が強くなる。

「蒼士さん……」

（そんなことを言われたら、ますます好きになっちゃう）

彼の仕事柄一緒にいられる時間は少ないのかもしれないけれど、彩乃を大切に愛おしみ、守ってくれる。

「……大好き」

顔を上げて心のまま伝えると、蒼士は幸せそうに目を細める。

「愛してる」

端整な顔が近づき、そっと唇が触れ合った。

「んっ……」

蒼士の腕が彩乃の腰に回る。ついばむようにキスを交わす度に、彩乃の胸の中で彼への想いが膨らんでいく。

このままずっとキスをしていたいほどに。

さわさわと風が通る音と、お互いの息遣いだけが耳に届く。蒼士と彩乃以外誰もいないふたりきりの空間。

蒼士も彩乃と同じように感じているのか、いつもよりもキスが長い。

それでも蒼士は彩乃の体をそっと離した。

「これ以上は止まれなくなる」

彼は名残惜しさを感じる表情をしている。きっと彩乃も同じような顔をしているだろう。

蒼士はそんな彩乃の頬にキスをして、雰囲気を変えるように明るく言う。

「さあ、どうしようか。彩乃はまず何をしたい？」

「あ……ええと、ホテルの中を歩いてみたいな。庭に出てみたいし、ラウンジでは夕方までお茶とかお酒が飲めるみたい。その後はプールにも入りたいし……どうしよう。やりたいことが多すぎて決められない」

迷う彩乃の姿に蒼士が楽しそうに笑い手を差し伸べる。

「まずは散歩に行ってみようか」

「うん！」

彩乃は笑顔で頷き、蒼士と共に部屋を出た。

満足するまで歩き回ると夕方六時を過ぎていた。楽しみにしていた夕食の時間だ。

宿泊一日目はフレンチレストランのスペシャルコース。蒼士が事前に予約してくれていたもので、味も見た目も素晴らしいものだった。

ディナーの後は屋外のバーに移動して、お酒を楽しむ。

「あっと言う間に夜になっちゃった。楽しすぎて時間が経つのが早すぎる」

贅沢な嘆きをこぼす彩乃を、蒼士が愛おしそうに見つめる。

「プールと温泉は無理だったね」

残念だと呟くと、蒼士が手にしていたグラスをとんとテーブルに置きながら言う。

「部屋のプールは夜も楽しめるそうだけど、どうする？」

「本当？　入りたい！」

すぐに部屋に戻ると、庭が明るくライトアップされていた。プールもジャグジーもこれなら十分楽しめる。

用意しておいた水着に着替えて、プールに入る。

水は想像していたよりも暖かく、体が冷えてしまう心配はなさそうだ。

先に入っていた蒼士に手を引かれて、プールに入り泳ぎはじめる。といっても彩乃はあまり泳ぎが得意ではないので、浮き輪でぷかぷか浮かぶくらいだけれど。

「彩乃、こっちに」

しばらくすると蒼士に手を引かれてプールの端に移動した。

段差があり、椅子のように座ることができる。

「わあ、星が綺麗！」

頭上には東京では見られないような、美しい星空が広がっていた。

「綺麗だな」

蒼士も感心したように眺めている。

彼の横顔を眺めていた彩乃の胸の奥から、抑えきれない愛しさがこみ上げてくる。

「蒼士さん……こんなに素敵な旅行に連れてきてくれて、本当にありがとう」

素晴らしい景色に、夢のようなホテル。でも一番嬉しいのは彼が彩乃を喜ばせようとしてくれたその気持ちだ。

彩乃の気持ちが伝わったのか、蒼士が幸せそうに微笑む。

「また連れてくる」

「嬉しいけど、無理しないでね？」

「何度も言ってるだろう？　彩乃が喜ぶ顔を見るのが俺の幸せなんだ」

「蒼士さん……ありがとう」

蒼士の顔が近づき、唇が重なり合う。彩乃は幸福の中そっと目を閉じた。

END

あとがき

この度は『一度は諦めた恋なのに、エリート警視とお見合いで再会⁉～最愛妻になるなんて想定外です～』をお手に取っていただき、まことにありがとうございます。

今回は初めての警察官ヒーローを書きました。

昔から警察ドラマや小説は好きで、よく見ていました。

中学生くらいからだったと思います。

好きなシーンは推理や心理戦、そしてアクションシーン。銃撃戦などもワクワクしますが、ベリーズ文庫ですのでそんなハードなシーンは書いていません。

パリで出会ったヒロインと警察官ヒーローが日本でお見合いをすることで再会し、夫婦になる、タイトル通りのお話です。

楽しんでいただけたら嬉しいです。

とても綺麗なカバーイラストを描いてくださったのは、御子柴トミィ先生です。本当にありがとうございました。

担当編集様をはじめとした、本書を出版するにあたりお世話になった皆様にお礼を申し上げます。

最後に、この本を手に取ってくださった方、サイトで応援してくださっている読者様に感謝いたします。

どうもありがとうございました。

吉澤《よしざわ》紗矢《さや》

吉澤紗矢先生への
ファンレターのあて先

〒104-0031
東京都中央区京橋1-3-1
八重洲口大栄ビル7F
スターツ出版株式会社　書籍編集部　気付

吉澤紗矢先生

本書へのご意見をお聞かせください

お買い上げいただき、ありがとうございます。
今後の編集の参考にさせていただきますので、
アンケートにお答えいただければ幸いです。

下記URLまたは二次元コードから
アンケートページへお入りください。
https://www.ozmall.co.jp/enquete/IndexTalkappi.aspx?id=2301

一度は諦めた恋なのに、
エリート警視とお見合いで再会⁉
～最愛妻になるなんて想定外です～

2024年10月10日　初版第1刷発行

著　者　吉澤紗矢

発行人　菊地修一
デザイン　カバー　アフターグロウ
　フォーマット　hive & co.,ltd.
校　正　株式会社文字工房燦光
発行所　スターツ出版株式会社
〒104-0031
東京都中央区京橋1-3-1　八重洲口大栄ビル7F
TEL　03-6202-0386（出版マーケティンググループ）
TEL　050-5538-5679（書店様向けご注文専用ダイヤル）
URL　https://starts-pub.jp/
印刷所　大日本印刷株式会社

Printed in Japan

ISBN 978-4-8137-1647-1　C0193

ベリーズ文庫 2024年10月発売

『航空王はママとベビーを甘い執着愛で囲い込む【大富豪シリーズ】』葉月《はづき》りゅう・著

空港で清掃員として働く芽衣子は、海外で大企業の御曹司兼パイロットの誠一と出会う。帰国後再会した彼に、契約結婚を持ち掛けられ!? 1年で離婚もOKという条件のもと夫婦となるが、溺愛剥き出しの誠一。やがて身ごもった芽衣子はある出来事から身を引くが――誠一の一途な執着愛は昂るばかりで…!?

ISBN 978-4-8137-1645-7／定価781円（本体710円＋税10%）

『冷酷な天才外科医は湧き立つ激愛で新妻をこの手に堕とす』にしのムラサキ・著

院長夫妻の娘の天音は、悪評しかない天才外科医・透吾と見合いをすることに。最低人間と思っていたが、大事な病院の未来を託すには彼しかないと結婚を決意。新婚生活が始まると、健気な天音の姿が透吾の独占欲に火をつけて!?「愛してやるよ、俺のものになれ」――極上の悪い男の溺愛はひたすら甘く…♡

ISBN 978-4-8137-1646-4／定価770円（本体700円＋税10%）

『一度は諦めた恋なのに、エリート警視とお見合いで再会!?～最愛妻になるなんて想定外です～』吉澤紗矢《よしざわさや》・著

警察官僚の娘・彩乃。旅先のパリで困っていたところを蒼士に助けられる。以来、凛々しく誠実な彼は忘れられない人に。3年後、親が勧める見合いに臨むと相手は警視・蒼士だった！ 結婚が決まるも、彼にとっては出世のための手段に過ぎないと切ない気持ちに。ところが蒼士は彩乃を熱く包みこんでゆき…！

ISBN 978-4-8137-1647-1／定価770円（本体700円＋税10%）

『始まりは愛のない契約でしたが、パパになった御曹司の愛に双子ごと捕まりました』蓮美《はすみ》ちま・著

幼い頃に両親を亡くした萌。叔父の会社と取引がある大企業の御曹司・晴臣とお見合い結婚し、幸せを感じていた。しかしある時、叔父の不正を発見！ 晴臣に迷惑をかけまいと別れを告げることに。その後双子の妊娠が発覚し、ひとりで産み育てていたが…。3年後、突如現れた晴臣に独占欲全開で愛し包まれ!?

ISBN 978-4-8137-1648-8／定価781円（本体710円＋税10%）

『冷血悪魔な社長は愛しの契約妻を誰にも譲らない』晴日青《はるひあお》・著

円香は堅実な会社員。抽選に当たり、とあるパーティーに参加するとホテル経営者・藍斗と会う。藍斗は八年前、訳あって別れを告げた元彼だった！ すると望まない縁談を迫られているという彼から見返りありの契約結婚を打診され!? 愛なき結婚が始まるも、なぜか藍斗の瞳は熱を帯び…。息もつけぬ復活愛が始まる。

ISBN 978-4-8137-1649-5／定価770円（本体700円＋税10%）

ベリーズ文庫 2024年10月発売

『君がこの愛を忘れても、俺は君を手放さない』麻生《あそう》ミカリ・著

カフェ店員の綾夏は、大企業の若き社長・優高を事故から助けて頭を打つ怪我をする。その日をきっかけに恋へと発展しプロポーズを受けるが…。出会った時の怪我が原因で、記憶障害が起こり始めた綾夏。いつか彼のことも忘れてしまう。優高を傷つけないよう姿を消すことに。そんな綾夏を優高は探し出し――「君が忘れても俺は忘れない。何度でも恋をしよう」

ISBN 978-4-8137-1650-1／定価781円（本体710円＋税10%）

『処刑回避したい生き残り聖女、侍女としてひっそり生きるはずが最恐王の溺愛が始まりました』坂野《さかの》真《ま》夢《む》・著

メイドのアメリは実は精霊の声が聞こえる聖女。ある事情で冷徹王・ルークに正体がバレたら処刑されてしまうため正体を隠して働いていた。しかしある日ルーク専属お世話係に任命されてしまう！　殺されないようヒヤヒヤしながら過ごしていたら、なぜか女嫌いと有名なルークの態度が甘くなっていき…!?

ISBN 978-4-8137-1651-8／定価781円（本体710円＋税10%）

ベリーズ文庫 2024年11月発売予定

Now Printing

『一夜の恋に溺れる　愛なき政略結婚は幸せの始まり【大富豪シリーズ】』佐《さ》倉《くら》伊《い》織《おり》・著

政略結婚を控えた梢は、ひとり訪れたモルディブでリゾート開発企業で働く神木と出会い、情熱的な一夜を過ごす。彼への思いを胸に秘めつつ婚約者との顔合わせに臨むと、そこに現れたのは神木本人で…!?　愛のない政略結婚のはずが、心惹かれた彼との予想外の新婚生活に、梢は戸惑いを隠しきれず…。

ISBN 978-4-8137-1657-0／予価748円（本体680円＋税10%）

Now Printing

『タイトル未定（海上自衛官×シークレットベビー）』田《た》崎《さき》くるみ・著

有名な華道家元の娘である清花は、カフェで知り合った海上自衛官の昴と急接近。昴との子供を身ごもるが、彼は長期間連絡が取れず、さらには両親に勘当されてしまう。その後ひとりで産み育てていたところ、突如昴が現れて…。「ずっと君を愛してる」熱を孕んだ彼の視線に清花は再び心を溶かされていき…！

ISBN 978-4-8137-1658-7／予価748円（本体680円＋税10%）

Now Printing

『キスは定時後でお願いします！』高《たか》田《だ》ちさき・著

ド真面目でカタブツなOL沙央莉は社内で“鋼鉄の女”と呼ばれている。ひょんなことから社長・大翔の元で働くことになるも、毎日振り回されてばかり！　ついには愛に目覚めた彼の溺愛猛攻が始まって…!?　自分じゃ釣り合わないと拒否する沙央莉だが「全部俺のものにする」と大翔の独占欲に翻弄されていき…！

ISBN 978-4-8137-1659-4／予価748円（本体680円＋税10%）

Now Printing

『このたび、夫婦になりました。ただし、お仕事として！』一《いち》ノ《の》瀬《せ》千《ち》景《かげ》・著

会社員の咲穂は世界的なCEO・櫂が率いるプロジェクトで働くことに。憧れの仕事ができると喜びも束の間、冷徹無慈悲で超毒舌な櫂に振り回されっぱなしの日々。しかも櫂とひょんなことからビジネス婚をせざるを得なくなり…!?建前だけの結婚のはずが「誰にも譲れない」となぜか櫂の独占欲が溢れだし…!?

ISBN 978-4-8137-1660-0／予価748円（本体680円＋税10%）

Now Printing

『タイトル未定（CEO×身代わりお見合い）』宇《う》佐《さ》木《ぎ》・著

百貨店勤務の幸は姉を守るため身代わりでお見合いに行くことに。相手として現れたのは以前海外で助けてくれた京。明らかに雲の上の存在そうな彼に怖気づき逃げるように去るも、彼は幸の会社の新しいCEOだった！　「俺に夢中にさせる」なぜか溺愛全開で迫ってくる京に、幸は身も心も溶かされて――!?

ISBN 978-4-8137-1661-7／予価748円（本体680円＋税10%）

タイトル、価格等は変更になることがございますのでご了承ください。